Na companhia dos homens

Romance gay em cinco estações

Dados Internacionais de Catalogação na Publicação (CIP)
(Câmara Brasileira do Livro, SP, Brasil)

Ribondi, Alexandre, 1952
Na companhia dos homens / Alexandre Ribondi. – São Paulo :
Summus, 1999.

ISBN 85-86755-14-1

1. Homens gays – Ficção 2. Homossexualidade masculina I. Título.

99-0320   CDD-869.935

Índices para catálogo sistemático:

1. Ficção : Século 20 : Literatura brasileira   869.935
2. Século 20 : Ficção : Literatura brasileira   869.935

Compre em lugar de fotocopiar.
Cada real que você dá por um livro recompensa seus autores
e os convida a produzir mais sobre o tema;
incentiva seus editores a traduzir, encomendar e publicar
outras obras sobre o assunto;
e paga aos livreiros por estocar e levar até você livros
para a sua informação e entretenimento.
Cada real que você dá pela fotocópia não-autorizada de um livro
financia um crime
e ajuda a matar a produção intelectual.

Na companhia dos homens

Romance gay em cinco estações

———

ALEXANDRE RIBONDI

Copyright © 1999 by Alexandre Ribondi
Direitos adquiridos por Summus Editorial

Projeto gráfico e capa: **Brasil Verde**
Editoração eletrônica: **Acqua Estúdio Gráfico**
Editora responsável: **Laura Bacellar**

Edições GLS
Rua Domingos de Morais, 2132 conj. 61
04036-000 São Paulo SP
Fone (011) 539-2801
http://www.edgls.com.br

Atendimento ao consumidor:
Summus Editorial
Rua Cardoso de Almeida, 1287
05013-001 São Paulo SP
Fone (011) 3872-3322

Distribuição:
Fone (011) 835-9794

Impresso no Brasil

SUMÁRIO

A memória da terra _____ 7
A descoberta do fogo _____ 27
A saudade do ar _____ 41
O desejo da água _____ 51
O derretimento da neve _____ 89

A Rui Miranda
com todos os agradecimentos
a Sonia Alexandre

A memória da terra

Algumas histórias são tristes, tristes, e pronto, não tem jeito. Outras, a gente fica com a impressão de que é uma tristeza só, mas vai ver nem é, é só mesmo o que acontece quando um homem está apaixonado e tem que viver a paixão dele e sabe que não vai parar no meio do mundo, porque o mundo é de quem está ali amando e parar é covardia. Aqui, neste lugar que ninguém conhece, já aconteceu de tudo, estou falando pro senhor. Porque, olha só: lugar pequeno assim, com três ruas subindo mais três descendo, é igual a cidade grande. Só que na cidade grande se tem cinco milhões de desgraçados prum lado e cinco milhões de gente de bem pro outro, aqui tem vinte desgraçados ali e vinte pessoas de bem mais pra lá. Tem gente que mata, tem parteira, casa de pobre, casa de gente com dinheiro, tem de tudo. Tem até eu. Mas uma só, porque já deu para ver que sou única, sem imitação. Aqui, não tem quem não me conheça.

Mas o senhor é novo por aqui, ainda não viu nada. Quando o senhor foi chegando, logo vi. Foi olhando como quem está querendo ver se presta. Presta, presta. Aqui é bom. Quer dizer, tem suas coisas, que lugar não tem? Eu mesma já tive que passar por cada pedaço que, olha. Mas deixa pra lá que passa. Eu falo muito, sabe, e se estiver falando demais é só avisar que eu paro. Aposto que o senhor está pensando em mudar pra cá. Se tiver interesse, conheço uma casa que está pra alugar. A chave está comigo. Bem bonita. Novinha, novinha. Dois quartos de dormir, cozinha, sala, banheiro. Tem fogão a lenha. O povo de fora gosta. Um calor que aquilo faz e, depois, encarde tudo. Mas quem vem de fora gosta.

A casa era de um homem que lembra o senhor. Assim, lembrar, não lembra, mas parece o mesmo jeito, aquela mesma coisa de chegar assim. Doutor Félix, já ouviu falar? Ah, pensei... Mas era assim mesmo feito o senhor, essa cara boa, um jeito de gente que vem em paz. Chegou aqui faz uns cinco anos, comprou essa casa que estou falando, reformou todinha, pintou, cuidou da horta, dos pés, criou até galinha e tinha pato. Era engenheiro.

O doutor Félix veio pra cá atrás de sossego. Encontrou mais ou menos. Tanto que já foi embora. Veio sozinho, o que já era de deixar todo mundo pensando, sei lá. Homem bonito daquele jeito que nem ele, sozinho, a gente pensa. Novo ainda. Uns 30 anos. 33. Isso quando veio, então hoje quanto é que ele tem? Uns 40. Ficou uns meses ali na casa do seu Dominguinhos que aluga quarto, é uma pensão, se quiser levo o senhor até lá, é limpa, e depois o senhor pode tomar refeição na dona Isaura, que cozinha bem e tal. Já trabalhei com ela. Faço serviços domésticos. Até trabalhei pro doutor Félix. Ia lá três vezes por semana, que ele pagava. As outras vezes, ia porque queria.

Estou contando essas coisas porque, se o senhor pensar bem e quiser alugar a casa dele, é melhor ficar sabendo de tudo, não é? Vai que fica sabendo só depois e vem e diz que foi enganado por mim, que não avisei, que não gosta de morar lá por isso e por aquilo e o senhor vai ter toda a razão de pensar assim e eu como é que fico? O doutor Félix deixou a chave comigo. Nem queria.

    Quando o doutor Félix chegou aqui foi no dia que choveu muito e o vento arrancou um pé que tinha bem ali e que agora tem aquela mudinha com a cerca que o seu Dominguinhos foi lá e plantou. Arrancou com raiz e tudo. Depois que a chuva passou é que botei fé e vi que ele tinha chegado e estava aqui neste mesmo bar, tomando cerveja sozinho, olhando a praça. Ele queria alugar uma casa e procurou uma. Achou essa que estou falando, que fica lá pra trás, mais pros lados da escola, uns dez minutos depois, quando tem uma mata e passa a mata e aí fica a casa. O lugar é muito bonito mas tem mosquito. Estou avisando.

    Mas quando ele chegou aqui pra viver nem sabia que iam acontecer aquelas coisas todas. Se soubesse, vai que nem vinha. Se a gente soubesse tudo o que vai viver, nascia? Nascia e morria na mesma hora, só de preguiça. Aí, o doutor Félix chegou, comprou a casa, pintou ela toda de branco, mas um branco de cal, aquele que não brilha, e as janelas ele pintou de azul escuro, tem um quarto lá que tem umas pinturas amarelas na parede bem em cima, bem no lugar que junta com o teto, parece um bordado, e pintou também a cisterna no quintal. Passava o dia pintando, era bonito de ver aquele homem tão simpático, com aquela barba assim mal feita, ralinha, muito alto, mais pro magro, mas não magrinho, magrinho, bem apanhado. E falava de um jeito lá todo dele, me chamava de guria, já pensou? É, gaúcho. Aqui tem muito, pra plantar soja. Arrancam o cerrado e soja nele.

    Se o senhor tivesse chegado quando o doutor Félix ainda vivia aqui não ia poder alugar a casa dele mas ia poder conhecer o dono da casa e conhecer o Carlos Donizete. Carlos Donizete é o filho da Divina e do seu Zé de Tiros, o pastor da igreja protestante. Moram lá pra trás, numa chácara numa baixada que tem assim, lá pros lados daqueles morros que dá pra ver dali. Fica passando o córrego do Onça, depois desce uma estrada bem inclinada e vira. É lá. O Carlos Donizete foi nascido e criado aqui, bem lá. A gente sempre via ele por aqui, quando tinha festa, que tem um forró aqui do lado, do Negão, que eu conheço bem até demais, ele vinha e ficava de fora olhando, que os pais deles não gostavam dessas coisas. Crente, sabe como é. Mas o Carlos Donizete foi crescendo aqui e a gente nem punha fé que ele estava crescendo mesmo e coisando. Coisando, quer dizer, ficando aquele rapagão cheio de vida.

    O Carlos Donizete já tinha dezenove anos, foi trabalhar na casa do doutor Félix pra cuidar da terra, capinar, podar os pés, plantar umas jabuticabeiras. Tinha cara amarrada mas trabalhava muito bem. De confiança. O pai dele, que é o pastor, é branco, sabe, mas a mãe é morena, assim, de cor, então ele é puxado pro moreno mas do cabelo bom, nariz fino, um rapaz bem apanhado, todo bonito. Cara amarrada, mas chamava a atenção. Minha não. Ele ficou lá trabalhando pro doutor Félix e eu juro pro senhor que foi no dia que o doutor Félix subiu no pé de manga, um bem alto no quintal, que cobria a cisterna e que tinha uns galhos que caíam no quintal do lado, ele subiu e estava só de calção e quando teve que botar o pé num galho mais alto o calção abriu um pouco e ficou aquilo tudo pendurado, essas coisas acontecem, e o Carlos Donizete ficou parado feito besta com a enxada na mão, olhando e eu disse eu, hein, sei. Sou vivida.

    Agora, eu pergunto pro senhor, o senhor ia ficar parado feito besta com a boca aberta olhando? Não ia, ia? Ia se estivesse gostando. Juro que foi naquele dia que tudo começou e acabou dando aquele baque na Divina. Ela não merecia, mas e daí? Ela não merecia mas eles dois mereciam. Tinham todo o direito do mundo porque era como eu estava dizendo, as histórias têm umas que são tristes mesmo, eu choro fácil, sabe, é só lembrar, olha aí, meus olhos ficam cheinhos, mas têm outras que a gente pode pensar que são tristes mas não são nem um pouco, só têm aquelas coisas que a gente está marcado pra viver porque se não viver não vive nada.

O Carlos Donizete gostava de ficar parado na porta do forró do Negão, é melhor o senhor se afastar dele que não é boa gente, cuidado, aqui tem gente que não presta mesmo, que só quer o mal, e aí ele vez por outra saía até acompanhado de umas meninas. E na igreja dele, que é uma casa ali depois da praça onde tem escrito Templo da Graça, tinha uma menina que eles estavam sempre juntos. Sem sal, mas bonitinha. Usava sempre aqueles vestidos compridos, até o meio da canela, o cabelo amarrado pra trás e aquela cara de quem foi escolhida por Deus pro Juízo Final. É como se eu estivesse de fora. A menina acabou tendo que ir embora porque teve aquele dia que o Carlos Donizete bebeu e acabou ameaçando ela com a faca, se não fosse pelo doutor Félix ele cortava a goela dela, que ficou até uma marca, deu problema com a polícia, mas o doutor Félix ajudou muito. Ajudou porque, sabe como é, achou que tinha culpa no cartório. Mas culpa no cartório por quê? Se o senhor está apaixonado por mim, e eu apaixonada pelo senhor, assim cheio de vontade e tal, e o senhor não agüenta e vai numa árvore e se enforca, Deus me livre e guarde, a culpa é minha? Não é. É sua. Tem as horas de saber o que que é junto e o que que é separado.

Mas aí, moço, a vida continuou. O doutor Félix pintando a casa, o Carlos Donizete capinando e eu lavando os pratos. Ia todo mundo naquela vidinha mas comecei a perceber que a coisa estava quente. Quer ver? Carlos Donizete começou a tomar banho lá na casa do doutor Félix. Caladão, entrava na cozinha, nem falava nada, com a toalha no ombro, fechava a porta e tomava banho. Saía com os cabelos molhados e ficava parado na cozinha, num silêncio que, sabe, a gente fica pensando. Eu, nessas horas, danava a varrer a cozinha pra ter que olhar pro chão. Teve uma outra vez também que no que eu ia entrando o Carlos Donizete tinha acabado de tomar banho e estava se enxugando com a porta aberta. O que é isso, não nasci ontem, será que ele toma banho com a porta escancarada na casa do pai dele? Claro que era coisa. Ele no que me viu virou o corpo pro outro lado e fechou a porta do banheiro. Depois, coitado, ficou lá dentro um tempão só esperando que eu fosse embora, mas como eu não ia porque tinha que arrumar a casa toda, fiquei e ele passou direto, sem nem levantar a cabeça e se mandou pra casa dele. E eu ficava com uma vontade de ajudar.

Sei muito bem como é que são essas coisas. A cabeça da gente fica dando voltas, o coração fica matutando o dia inteiro, não tem nada que faz mudar o pensamento. Pode capinar o quintal, pode podar os pés de árvore, pode ir no forró, pode ir tomar banho de córrego, pode até fingir que está tudo bem e sair com os amigos pras festas que tem lá em Pirenópolis, que são as melhores daqui de perto, que não tem jeito. O coração fica tum-tum-tum, aquela coisa. E depois homem é bicho complicado. A mulher quando está a fim, faz de tudo. Apronta. As amigas ajudam, ficam de olho para ver a hora que o outro vai passar ali na rua e mandam avisar pra ela passar também como se fosse sem querer, na maior inocência e não é nada. Os homens ficam bestas, ficam achando que só um milagre pode ajudar. Não se mexem, que agonia. Eu sei porque, como o senhor já deve ter reparado, nasci e fui criada homem. Fui batizada Jair. Era filho homem, brinquei de bola, saía com os meus irmãos pra comer égua, tudo. Mas por dentro sentia aquelas coisas, sabe? Aí, depois de grandinha, peguei gosto pelo esmalte, pelo batom, pelas roupas assim. Meu pai é aquele ali. Só fala comigo em casa. A única pessoa do mundo inteirinho que ainda me chama de Jair. Na rua, baixa os olhos. Mas a gente tem que seguir a natureza da gente, nem que a natureza da gente seja o contrário do que parece.

Pois é, moço. Eu sempre achei que era madrinha dos dois. Mas o Carlos Donizete sofreu demais, nossa senhora. Pra quê? É nisso que dá ficar em banho-maria. Se gosta, vai, né? Eu só tive medo uma vez, que foi a primeira vez que saí com um homem, já estava vestida de mulher e ele era casado. Era homem de fora que veio viver aqui e casou com a filha do seu Nativo. Seu Nativo tem uma venda, o filho dele, o Nativo, tem outra venda, o outro filho, o José Nativo, também tem venda, e a filha, a Maria Nativa, tem também, mas a venda dela tem sinuca e um salão onde a gente dança. Ela trabalha muito, moça esforçada, o dia inteiro cuidando da venda dela, e casou com esse rapaz de fora, que tinha uma moto, e foi com ele que eu saí. Eu trabalhava com a dona Isaura, lá onde você pode ir comer, que ela dá refeição, e a dona Isaura, que já morou em Brasília e em Goiânia, me ajudou a me arrumar e eu fui. Voltei em seguida porque ele tinha uns jeitos brutos, não queria beijar. E depois ele era muito grande, assim, grandão, coisa pra mais de palmo, entendeu? Falei ah, meu Deus do céu e agora? Disse que não, nem pensar. Aí ele disse que queria. E me pegou com força, me puxou pro lado assim, até. Viro bicho nessas horas. Dei um empurrão, saí correndo e larguei ele lá. Agora não tenho mais medo, não. Pode vir. Até voltei a me encontrar com ele. Medo, pra quê? O corpo da gente é capaz de tudo, moço, preste atenção no que estou dizendo. É só não ficar se segurando que a felicidade está ali, na porta de casa.

Mas, então, o Félix. Acho que o Félix não queria. Queria mais era cuidar da casa dele, ficar sozinho, vai ver tinha até os seus motivos, que a vida da gente tem dessas coisas, e ele ficava mostrando que era melhor parar por ali. Não dava trela, sabe? O Carlos Donizete estava perdendo as estribeiras, ficando maluco. Outro dia, era de noite, chovia, chovia, chovia. A água ia escorrendo pelas ruas levando lama, barro, casca de árvore, a cachorra do Félix estava na varanda toda enroladinha e começou a gemer baixinho. Eu tinha ficado lá na casa dele porque como é que eu ia embora com aquele aguaceiro todo? Fiquei e ouvi a cachorrinha gemer lá fora e disse pro Félix. Ele foi e abriu a porta. Que que viu? Viu o Carlos Donizete nuinho, mais bêbado que o pai dele antes de virar pastor, é coisa de família, agarrado na cerca do quintal, balançando as ripas com as mãos, como se fosse ladrão querendo fugir da cadeia. O menino não dizia nada, só ficava lá debaixo do temporal, balançando a cerca. Agonia, credo. Essas coisas dão dó. É de partir o coração.

Tudo isso ia acontecendo na casa que você pode alugar. Pra mim, é mais que uma casa. É um templo. Porque eu vi bem na hora que o Félix falou guri, e foi lá fora na chuva e apanhou o Carlos Donizete pelo braço e levou ele pra dentro. Ele estava tão tonto de beber que nem se importou que eu estava ali olhando para ele pelado. Ficou em pé na sala, a água escorrendo pelo rosto, dos cabelos, pelas coxas, parecendo filho da gente quando sai da bacia, com os braços cruzados no peito, tiritando de frio. O Félix então apanhou ele, deu um banho de água quente, eu fiz um café bem forte e ele vomitou tudo, que eu tive que limpar depois. Ele chorava baixinho, que nem a cachorra Meia-Noite, mas não dizia nada. Meu Deus, eu sabia tanto o que que ele queira dizer que quase disse no lugar dele. Mas fiquei calada porque que é que eu tinha com isso, não é? Aí, o Félix pegou o Carlos Donizete e levou pra cama, não no quarto que tinha a barra amarela perto do teto, mas pro outro, que ainda faltava arrumar melhor e esperou pra ver se ele dormia. Dormia nada. Gemia.

No outro dia, Carlos Donizete nem trabalhou. Ficou sentado numa mesa de cimento que tinha no fundo do quintal debaixo do pé de abacate que foi arrancado porque os abacates caíam no galinheiro e até mataram um franguinho. Ficou lá sentado o dia inteiro. Levei café, levei almoço, levei depois umas outras coisinhas pra ele comer e ele nem tocou. Por causa disso, ele começou a namorar a menina que teve que ir embora depois, a sem-gracinha da igreja. Mas no dia da festa grande do Negão, Negão não presta, você que se cuide, eles dois saíram de lá, ele nem avisou pro Félix que estava jogando sinuca na venda da Maria Nativa, e levou a menina pra casa dele. Tinha chave e entrou e aí, nem sei por quê, porque não perguntei e ele nunca falou direito, não é que o Carlos Donizete, que já estava assim meio tomado, o pessoal daqui bebe muita cachaça, pegou uma faca e ameaçou ela? Parece que ele queria ir na força mesmo, quis até começar a tirar aquela roupa que ela estava usando. A moça começou a gritar que ai, valei-me meu Nosso Jesus Cristo, que guardai-me meu Pai, que o sangue de Jesus tem poder, que sou pura, sou pura. O Félix, sabe que acho que sentiu alguma coisa no ar, porque largou tudo e foi pra casa e chegou na hora. Salvou a menina, lavou a ferida no pescoço dela, levou pro médico em Pirenópolis, e falou com a polícia que entendeu, porque o Félix sabe falar bem e tinha o maior respeito de todo mundo.

Aí, desandou. Os dois não se largavam mais. Era pra cima e pra baixo. Divina lavava e passava a roupa do Félix. E todo mundo gostava muito dele, parece que só eu estava vendo que sei não, sei não. Isso vai dar merda. Não por eles, que eu torcia. Pelo resto do mundo. Mas olha, vamos ser gente esclarecida. Como é que podia querer que o povo entendesse assim logo de primeira? Todo mundo quer que a vida fique ali na mesmeira, as coisas com o nome certo, pra gente saber o que é na hora de ir lá pegar. Agora, se as coisas ficam mudando tem gente que se esquenta. Tá certo. Mas depois a gente se acostuma. O pior é que até se acostumar pode ter gente que morreu antes, na luta pela acostumação. Eu é que ia sair da reta. Mas não saí, sobrou pra mim.

Eles dois então foram um dia tomar banho no córrego mas não no córrego do Onça, que fica perto demais da casa dos pais do Carlos Donizete, mas no córrego do Tiriri, que fica num curva perto da fazenda daquele povo de Goiânia e que tem aquela ponte velha que dizem que foi construída pelos escravos, que os carros ainda passam devagarzinho em cima dela e que na hora que passam a ponte faz tiriri-tiriri. Eu ia passando porque tenho uma irmã casada que mora bem ali perto e o filho dela tinha machucado a perna. E ia levando arnica e vi eles dois tomando banho de rio. Félix corria dentro da água que o rio nem é tão fundo assim e Carlos Donizete estava deitado, segurando numas pedras perto da correntezazinha. Quando ele levantou, a água tinha enfiado uma banda da cueca dele para dentro do reguinho e ele parou e ficou de pé. Olha, o Carlos Donizete puxou a mãe dele. Tem uns olhos parados, fundos mesmo. Uma coisa. Aí os dois pararam e começaram a se abraçar e o Félix ficou passando a mão no lado do traseiro que estava de fora do Carlos Donizete. Era um quadro de tão bonito, aquela ponte de pau e pedra, tinha uns pés com os galhos tortos que dão dentro d'água. Os dois então foram pra margem e ficaram deitados na toalha estendida. Tinha mosquito mas quem que vai se importar com isso? A gente tem que lutar tanto por dentro e por fora pra fazer uma coisa dessa que mosquito a gente nem vê. É o de menos.

Foi cueca prum lado e calção por outro. Fiquei pensando ah, então os dois se beijam. Fico arrepiadinha. Acho lindo beijar. E depois o Carlos Donizete ficou deitado em cima da toalha, com a barriga pra cima e a cabeça jogada um pouco pro lado, os olhos fechados. O corpo dele parecia assim molinho, jogado em cima da toalha, pronto pra tudo. Era tão bonito de ver que, tirando a coisa dura, parecia até que o Carlos Donizete, debaixo dos pelinhos, mas dentro do corpo, tinha útero pronto pra ser fecundado. Mas espera que antes disso os dois se beijaram muito, e beijaram outras partes também, sentindo o gosto um do outro, que homem tem um gosto que ai. Depois, o Carlos Donizete fez aquilo de passar as pernas em volta da cintura do Felinho e o Felinho ficou dando beijinhos no rosto dele todo na hora. Acho que deve ter doído porque parou um pouco e até se sentou para passar mais a mão pela barriga do Carlos Donizete, dar mais beijinhos, uma coisa linda. Mas eu disse, não disse? O corpo da gente é capaz de tudo, tudinho, que isso de ficar se segurando, se amarrando, é pra quem está morto e enterrado porque um corpo vivo tem suas próprias leis. Aí começaram outra vez, só que dessa o Carlos Donizete ficou mais de quatro, o Felinho ajudou a abrir as pernas dele segurando pelas coxas e tem todo aquele jeito de fazer que fica muito bom e aí é só ir em frente que as porteiras estão abertas e o mundo tem a vida inteirinha pela frente. Até eu senti tudo, fiquei parada, estatelada. Porque, olha, se a gente vê uma novela na televisão e tem aquela gente toda vivendo a vida, passando por dificuldades, lutando, a gente que está vendo aprende, não aprende? Então, ver a felicidade dos outros, dos amigos, a gente aprende também. Muda tudo na vida da gente. Fiquei tão abestada que quase bebi a arnica que estava levando.

Menina, nem te conto! O Carlos Donizete virou outro. Dava até pra sorrir, falava comigo. O Felinho, então. Danou a procurar umas árvores que tinha que ele ia fazer móvel com elas, umas mesas, cadeiras, armário de escritório, tudo pra vender. Ele era engenheiro. Eu até dizia por que não faz assim, assado? Eu sei quando uma coisa fica mais bonita. Os dois não eram bonitos? Então. Aí virou, coisou, mexeu e tudo ia bem. Tinha vez que quando eu chegava na casa lá pro meio-dia, onde é que os dois estavam? Na cama. E na cama do quarto com aquela barra amarela na parede perto do teto. Eles nem se importavam mais comigo. Eu na cozinha e ele dois lá dentro do quarto, dando aqueles risinhos baixinhos de criança quando está aprontando. Aí, saíam, tomavam banho, sentavam pra comer, eu sentava com eles, a gente falava coisas, falava de tudo que tinha que fazer, eu ia dizendo que tinha que comprar isso, comprar aquilo, e só depois ia cada um fazer o que tinha que fazer. O Carlos Donizete ia pro quintal cuidar da horta e dos pés, sem esquecer que tinha galinha que botava ovo, e era preciso dar fé, e o Felinho ia pro outro cômodo da casa, que você pode usar como quiser, que era onde ele fazia os móveis, e eu voltava pro meu batente. Arrumava a casa deles, mudava os lençóis e empilhava tudo pra Divina vir pegar e lavar. Mas eu gostava mesmo era de ficar olhando pra barrinha amarela do quarto. Tão lindo. A minha cara. Se meu pai não fosse do contra, fazia igual lá em casa.

Olha, santa, vou te dizer. Eles podiam ter tomado mais cuidado, também não é assim. Eu sei que quando a gente está feliz a gente pensa que o mundo está na mesma felicidade e que ninguém vai complicar. Eu me estrepei pensando assim, achei que o Negão estava na minha, que a minha felicidade era dele também e deu no que deu. Levei na cara. Chegou um dia e disse que queria mulher, mulher, e que assim eu não era pra ele. Mas a gente aprende e não há nada como um dia depois do outro pra gente aprender. O Negão ainda vai vir comer na minha mão e aí, vai ver. Vou espezinhar. Vou mostrar que tipo de mulher eu sou.

Por isso é que teve o dia que a Divina foi lá pegar a roupa suja, era eu que fazia a trouxa e deixava em cima da poltrona que tinha no quarto. Era de tarde e ela passou primeiro na porta da minha casa, falou com a minha mãe, disse que ia no Felinho e eu, tão distraída, nem atinei que era melhor ir junto, e ela foi. Chegou, eles não ouviram o barulho da corrente do cadeado no portão, nem que tinha gente limpando os pés no tapete na porta, e entrou. Devia estar o maior silêncio no resto da casa e ela foi em frente, passou pro quarto e foi isso aí. Estavam os dois lá, na cama, um nos braços do outro, pelo que entendi estava o Felinho usando o Carlos Donizete que era como eles mais gostavam de fazer, o Carlos Donizete por baixo e o Felinho por cima, ai meu Jesus, que coisa que deve de ser boa demais, porque verdade seja dita que o Felinho era um pedaço de homem. O Carlos Donizete também, mas não faz o meu tipo. Gosto de homem mais branquinho, o Negão parece neve.

Ela nem gritou nem nada, menina. Porque nessas horas, por mais que tudo revire dentro da gente, a gente sente o peso da coisa e respeita. Tem aquele momento de respeito, de não querer incomodar, de sair de mansinho, que até cachorro respeita. O Negão tem um cachorro que ficava às vezes parado do lado da cama. Já viu cara de cachorro nessas horas que o dono dele está ali coisando? Fica parado, com aquele jeito que cachorro tem de respirar, com os olhos quase fechados. Mas fica parado, no maior respeito, nem mexe, parece que está montando guarda no portão do paraíso.

E foi isso que Divina fez. Saiu que os dois nem notaram. Foi pé ante pé de volta pra casa, eu vi quando ela passou sem a trouxa, e acho que até foi no caminho que ela pensou no que fazer e aí voltou logo depois acompanhada do Zé de Tiros, que vinha de bicicleta e ela na carreirinha atrás. Eu sei que nessas horas a gente perde o juízo, nem raciocina, mas ele podia ter levado Divina naquele banquinho que tem na frente da bicicleta e que ele usa pra pôr a caixa de isopor com pamonha dentro e vender. Mas ele foi sozinho e ela atrás e ele chegou lá, abriu a porta de uma vez só, sem nenhum respeito pelo filho, pelo amor do Carlos Donizete, que tem gente que acha que a fé delas é maior do que as maiores coisas da vida e não se curvam. Levou o Donizete pro meio do quintal e deu uma sova nele. Pensa que Felinho arregou? Homem valente estava ali. Correu pro quintal e segurou o Zé de Tiros, tirou o cinto da mão dele e ainda deu uns solavancos no homem. Foi aí que eu cheguei.

Fui logo dizendo que que isso, que assim acabam se matando e ninguém resolve nada. Carlos Donizete tinha ido parar em cima do pé de manga, Meia-Noite estava escondida, nem as galinhas piavam. Felinho bufava. Divina estava lá chorando e o Zé de Tiros andava de um lado pro outro pra pôr o cinto de novo na calça senão ela caía. Eu ia gostar de ver. Aí, eu pedi pra todo mundo sentar na mesa de cimento do quintal e a gente sentou.

Conversa vai, conserva vem, conversaram. Primeiro aos gritos, mas começou a juntar gente do lado de fora da cerca, olhando por cima da horta pra ver o que que estava acontecendo, até que foi a Divina que recobrou o juízo e falou psiu, que é isso gente que somos gente grande. E não é que somos mesmo? Todo mundo ali era adulto, até o Carlos Donizete ficou adulto na hora e desceu do pé. Aquilo seria assunto enterrado, ninguém sabia de nada, Carlos Donizete ainda era novo, porque a gente ainda não dava fé que ele tinha virado adulto no ato, ele ia esquecer, era coisa que dava e passava, isso era o pai dele que dizia, e Divina não ia mais fazer serviço nenhum por Felinho, nem o Carlos Donizete e ponto final. Não tinha mais nem como, não é? Foi aí que eu fiquei lavando e passando a roupa do Felinho também.

Os dois continuaram naquela coisa, santinha. Escuta, bem, você ia largar assim um amor? Pois é, nem eles. Antes, Felinho não queria, agora queria por tudo neste mundo. Carlos Donizete também não arredou pé e pra se encontrarem era uma história. O Felinho tinha que dizer que ia viajar. Dizia pra mim e eu espalhava. Eu te disse que mulher é melhor pra essas coisas, tem mais sangue frio. Ele pegava o carro e ia, mas só que não ia. Ia pro córrego do Tiriri, mas mais pra dentro, longe da ponte, num lugar onde tem umas pedras que fazem uma cachoeira, perto dos montes que os gaúchos ainda não usaram pra plantar soja. É muito bonito o lugar, com os morros, os buritis, uma parte mais alagada. Depois, o Carlos Donizete saía de casa de mansinho, como quem vai ali e volta já, e ia pra lá encontrar o Felinho. E aí, ó. Essas coisas de dizer que não pode, que isso, que aquilo, só faz aumentar. Tinha dia que o Felinho voltava pra casa com umas marcas roxas no pescoço que eu dizia cuidado. Vinha também com mordidas nas costas, no braço. Mas quando se viam na rua, nada. Como se nem se conhecessem.

Foi isso que fez o Carlos Donizete inventar de ir embora. Quer dizer, mais cedo ou mais tarde os homens daqui acabam querendo ir embora, porque não tem nada pra fazer, além de casar e beber cachaça e pôr filho no mundo, que foi isso que o Negão fez, mas um dia vai se arrepender. Vive na cachaça. Me vê, bebe. O Carlos Donizete, vai daí, encafifou. Queria porque queria. Pediu ao Felinho pros dois irem juntos. A coisa complicou.

Felinho tinha seus motivos. Tinha vindo de lá, pra que voltar? Tinha deixado tudo pra trás, largado tudo, pra começar tudo outra vez aqui, que coisa mais doida ia ser voltar agora, quando vendia os móveis que eram feitos assim uma parte com madeira mais escura, outra parte com madeira mais clara. Ficava bonito e até vendia muito bem. Caro que só vendo. Mas ele não queria voltar. Só que teve um dia que esperaram ficar de noitão e o Carlos Donizete foi pra lá pra casa dele e conversaram até muito. Carlos Donizete era do raciocínio que na cidade ia poder viver sem o pai dizendo pra fazer assim e assim. E ia trabalhar. Felinho queria plantar árvores, olha que maluquice. Não ia dar pra ir embora. Até choraram. Um no braço do outro. Eu, que é que eu fazia? Fazia café. E dava café pra eles. E rezava. Tenho a minha devoção. Santa Bárbara, Santo Antônio, que é o padroeiro nosso aqui e que também é santo casamenteiro e que se for santo mesmo, se tiver bondade no coração que eu acho que todo santo tem que ter, não vai se incomodar do casamento ser de homem com homem porque o santo quer é amor, não quer saber como é a cara e o que é que tem no meio das pernas de quem está ali fazendo amor. Isso é carne, minha filha, e santo quer saber é do espírito. É assim que eu penso e, olha, vai ver estou certa.

Mas não teve jeito. Os dois eram muito fortes e cada um tinha o seu rumo. O amor é coisa pra ser rasgada mesmo. A gente ama, morre de vontade de pular em cima do outro e ficar fazendo aquelas coisas, mas às vezes tem que parar e dizer que que é isso, está na hora de cada um viver o seu amor no seu canto porque assim não dá.

Aquela casa gemia. As paredes da casa até suavam. Tem hora que não parece que até a natureza contribui? Não estou fantasiando não, que não sou mulher dessas coisas, já fantasiei e me ferrei. A casa parece que tinha fechado as portas e as janelas sozinha, sem a ajuda de ninguém. Ficou o maior silêncio em volta dela. A casa parecia que era uma mulher grávida, na hora de parir, com tudo mexendo dentro. Carlos Donizete e Felinho. Eu acho que não devia, que podia ter ido pro meu canto na minha casa, mas fiquei sentada na varanda passando a mão na cabeça de Meia-Noite.

O que eles dois fizeram lá dentro? Só Deus sabe. A gente imagina. Quer dizer, todo mundo faz e sabe que não tem tanta coisa assim pra inventar. É o mesmo de sempre, o que conta, o que faz a diferença, o que faz eu ser eu e você, você é a intensidade. Tem gente que vai, faz, mas não acontece nada. Sai, limpa o que está sujo e vai embora, igualzinho chegou. Já vi muito homem assim.

Mas pra que desperdiçar uma coisa bonita dessas? Pra que não chegar e fazer daquilo tudo que vai ser bom pro resto da vida e virar outra pessoa a cada vez?

A Divina apareceu no portão, minha santa. Apareceu. Eu e Meia-Noite levantamos de onde a gente estava sentada pra mostrar que não era pra vir não que ia ter. Ela viu que a coisa estava assim, difícil pro lado dela, e só fez perguntar cadê meu filho. Eu disse foi embora. E não é que foi mesmo?

Foi embora diretinho da casa do Felinho, nem passou na casa do pai. Depois de muito tempo, que o lençol ficou que deu um trabalho pra limpar que eu não ia estender ele no varal daquele jeito, ia tirar até o último restinho de tanta paixão, ele pegou e foi embora. Meio-dia em ponto. Hora que pára o ônibus aqui, na porta deste bar. Felinho ficou e voltou pra casa. Eu já estava lá, na lida.

Felinho sofreu, viu? Nossa Senhora. Quer dizer, no início, Carlos Donizete vinha, às vezes, no final de semana, ficava aqui, os dois se encontravam no Tiriri, era aquela coisa de sempre, muito choro, muita vela, muita felicidade. Isso dói mas a vida tem que seguir pra diante. O tempo vem e faz assim, feito ventania que arrasta umas coisinhas, arrepia os cantos, e depois vai embora levando um bocado. Ah, eu acho isso triste, mas não tem jeito. Depois, Carlos Donizete conseguiu emprego de segurança numa firma lá em Brasília e foi ficando. Quem é daqui desses fins de mundo tem que caçar rumo, que a roça não dá futuro pra ninguém. É só bonito, é só de encher as vistas, é só esse mundaréu, mas fazer o quê? O povo daqui é pobre, menina. Por isso ele foi embora, procurou emprego e achou. Só que aqui ele era filho de Zé de Tiros e da Divina, todo mundo sabia quem ele era, o que é muito.

Lá, quem sabe? Quem vai se importar com segurança de firma? Leva um tiro na boca, morre e não era ninguém.

Felinho ficou mais uns tempos. Vendia móveis. E penava. Penava, penava. Tinha dias que eu chegava lá na casa dele para lavar as coisas e olha que encontrava ele, deitado no chão do quintal. Depois, levantava e punha os braços assim em volta da mangueira, da goiabeira, da jabuticabeira, feito abraço. Eu perguntava que é isso e ele dizia que era para sentir a terra, que a terra era o bem mais precioso que um ser humano pode querer ter. Pra mim, era leseira. Gente apaixonada fica assim. Até passar, não tente entender que não dá. Mas um dia ele chegou e disse pra mim, Veronete, vou embora. Não passou uma semana, doutor, e ele foi. Comprou uma fazenda de terra boa lá perto de Nova Veneza. No caminho de quem vai pra Inhumas, e foi. Pôs as roupinhas numa mochila, disse que não precisava de nada da cozinha, e voltou uns dias depois numa caminhonete para pegar os móveis que estavam guardados. Mora lá, agora. Foi com uma tristeza na cara que dava dó. Tem vez que Carlos Donizete aparece aqui, mais forte, com um corpo assim maior, teve um tempo que sofreu um acidente e ficou enfaixado da cintura até o pescoço e ficou uns meses na casa da mãe dele. Engordou até. Mas até quando vinha conversar comigo tinha aquele olhar meio perdido, aquele jeito de quem cheira o ar pra ver se o tempo volta pra trás. Não volta, não é?

Acho que os dois nunca mais vão se esquecer do último dia dentro de casa, quando eles se despediram. Durou coisa de uma manhã inteira, precisava ver. Dois homens novos, na flor da idade, cheios de saúde, bonitos ainda por cima, se bem que Carlos Donizete não faz o meu tipo, mas se o Felinho pedisse pra mim, nossa senhora, não pensava duas vezes, eu ia. Não estava apaixonada por ele, não, nem pense. Mas me apaixonava com o tempo.

Os dois davam cada grito, cada gemido. Dava pra ouvir até o barulho que a carne faz quando o amor vem e chega. Dava pra ouvir a barriga subindo e descendo. Até pra ouvir a hora que o gozo saía e espalhava em cima do corpo, da cama, das mãos. Ah, tem jeito não. Bom demais. Chega dói, menina.

Por isso é que a casa deles suava e é por isso que estou contando essas coisas pro senhor porque, se estiver mesmo interessado em alugar, vai sabendo que lá foi casa de gente que amou muito.

A descoberta do fogo

Corajoso não é a palavra. Nem é mesmo preciso coragem, basta a capacidade de saber enfrentar a situação. Quando os cinco militares armados com metralhadoras me cercaram na rua à beira do rio Tigre, precisei apenas de um pouco de sangue-frio, coisa que qualquer um pode ter quando é preciso. O pânico seria pior, poderia complicar as coisas visto que, se eles falavam uma língua, eu falava outra, o que sempre torna muito delicado o momento em que as metralhadoras se preparam e você só dispõe da sua capacidade de convicção para provar a inocência. Sei muito bem que, num país em guerra, não existem inocentes, o que fazia de mim culpado de estar ali, como jornalista estrangeiro, anotando, em uma caderneta de folhas amassadas, os detalhes do que via.

Mas corajoso, nem um pouco. O jornalista precisa apenas de um computador, uma agência de notícias e a petulância de se sentir dono do mundo, sentado para sempre na mesa de uma redação. O mundo pode apresentar desabamentos periódicos, soldados podem entrar em campos de batalha, homens podem ser mutilados, mas o computador e a redação continuam de pé. A não ser que você tenha o azar, ou a grande fortuna, de estar ali, no lugar da notícia. As redações dos jornais são esconderijos perfeitos, onde estão todos a salvo do mundo que produz tragédias.

Um pouco de sangue-frio. É essencial não se mover em horas assim, nem ser você a tomar a iniciativa. Admita o comando da outra pessoa e apenas observe o que acontece à sua volta. Fique de olho para perceber, antes, quais serão os próximos movimentos. Observe os olhos, as mãos, as pernas, a entrada e a saída de ar dos pulmões e o movimento de ida e vinda da barriga. Os sintomas estão aí, e é dessa forma que se consegue, mesmo sem ação, ter também um certo controle do que acontece.

Um oficial falava francês. Foi ele que me mandou sair do local imediatamente, por questões de segurança. Foi ele também que pediu que eu lhe entregasse a caderneta. Eu poderia iniciar uma discussão sobre a importância das minhas anotações. Mas era preciso saber o que podia ser jogado fora. A caderneta? Eu mesmo? Fiquei comigo. O oficial rasgou as folhas amassadas da caderneta. Mas sempre tive outra maneira de anotar fatos e acontecimentos. A memória.

Por exemplo, havia cerca de 1.500 brasileiros com residência em Bagdá nos primeiros dias de guerra. Por causa deles eu havia deixado o conforto e a absoluta segurança da redação do jornal para ir até o Iraque. Os brasileiros, longe de casa, trabalhavam na exportação de alimentos, na exploração de petróleo ou em empresas de construção civil. Os frangos, o café e a água mineral saíam do Brasil para as mesas árabes. As estradas, que ligavam paisagens idênticas no mesmo deserto, eram construídas pela engenharia brasileira. Com a guerra, que chegou cinco dias depois de mim, os brasileiros esperavam o momento de embarcar de volta. Eu voltaria com eles.

Uma guerra é incômoda. Os hotéis tornam-se pontos estratégicos e o rio Tigre, que passava poucos metros abaixo da varanda do meu quarto, tornou-se questão de segurança nacional. As refeições são reduzidas e todos os empregados do hotel, inclusive a camareira, passam a ser soldados. No quarto ao lado, no sexto andar do hotel onde eu estava hospedado, um fotógrafo puxava a descarga do vaso sanitário em intervalos de aproximadamente dez minutos. Provavelmente, diarréia. Ou rasgava filmes com os quais não conseguiria jamais apanhar o avião de volta.

Uma explosão clareou a rua Yafa, que acompanha o rio Tigre, a poucos metros do hotel. Os trinta hóspedes foram retirados dos quartos e levados para o salão onde era normalmente servido o café da manhã. As crianças corriam nos corredores do andar térreo, como se fosse dia de festa em galpão dos flagelados. As mulheres, protegidas da vida pelo véus pretos estendidos sobre os rostos, eram também vítimas da mesma guerra. Os homens se acumulavam no balcão de recepção em busca de notícias.

Dei dois telefonemas. Um, para a redação do jornal, onde todos se divertiram com os detalhes da guerra. Outro, para casa. As crianças que corriam entre os adultos no hotel me lembravam Beatriz, filha de Betina, e me lembravam Lucas, filho meu e de Betina. Foi ela que atendeu o telefone. Avisei que tudo ia bem, na medida do possível, e que voltaria para casa no vôo dos brasileiros, que ainda não tinha data marcada. Mas repeti que tudo ia rigorosamente bem.

Nem tudo ia bem. No bar do hotel, serviam apenas refrigerantes e pequenos pires com amendoim e tâmaras, mais redondas e mais doces que as vendidas em outros pontos do mundo. O calor era insuportável, o que pode transformar qualquer guerra num verdadeiro inferno. Caminhei até a porta do hotel. Os militares impediam a saída para a rua. O fotógrafo hospedado no quarto ao lado do meu tentou explicar que não podia ficar no hotel e que tinha que ir até o local da explosão. Repetia que os fotógrafos são necessários a uma guerra, na mesma proporção que os militares. Abandonei o local da discussão e sentei-me num sofá, na recepção, ao lado de dois engenheiros egípcios que tomavam chá frio. O fotógrafo, carregado com sua bolsa pesada, voltou ao hotel e sentou-se ao meu lado.

À menção do Brasil, falou de si próprio. Nascido na Alemanha, filho de pai alemão e mãe brasileira, do Recife. Havia chegado a Bagdá um mês antes, para fotografar a recuperação das portas da Babilônia. A guerra havia mudado os seus planos. Era vital reconhecer e admitir as oportunidades que surgem com as guerras dos outros. Axel Blatner, ele disse ao se apresentar.

Os dois egípcios estavam desatentos, perdidos no cheiro do chá que bebiam. Axel Blatner aproximou-se de mim e avisou que, da piscina, chegava-se à margem do rio Tigre sem ser visto. Olhei para o corredor que levava do salão do hotel à área da piscina. Não havia ninguém no local. Saímos.

A água do rio estava morna e o ar da cidade, quente. Na rua Yafa, onde chegamos depois de caminhar na lama, o calor corria com a força de um incêndio desesperado. As chamas, com altura de um prédio de seis andares, devoravam um quarteirão inteiro. Axel, que estava vestido com uma camiseta amarela e bermuda curta feita de jeans velhos e surrados, não podia se confundir com os habitantes da cidade. Mas não foi visto. A sua câmara apontou para o fogo. Ao seu lado, eu anotava tudo o que via, e guardava na memória. As mulheres queimadas urravam de dor própria. As outras mulheres, intactas no corpo, gritavam de dor compartilhada. Os homens erguiam pedras, vigas de madeira, arrancavam portas calcinadas. Se não gritavam, era porque sabiam que os gritos das mulheres arrancavam também o que lhes passava na alma, no momento. Caminhamos até a ponte sobre o rio Tigre. De lá, a paisagem ganhava proporções gigantescas. O fogo queimava Bagdá. Atravessamos a ponte e chegamos à rua Rashid. A câmara de Axel via as águas lentas do rio do deserto, as tamareiras, as janelas acesas das casas e o incêndio. Na rua Rashid, do outro lado do rio, era impossível ver os rostos dos homens, das mulheres e das crianças que corriam em direção alguma. Corriam em círculo, que é a forma geométrica do desespero.

Voltamos para o hotel, pelo mesmo caminho, pela água e pela lama. O calor aumentava à medida que as horas avançavam noite adentro. Um deserto não dorme nunca. No saguão do hotel, com os pés enlameados, bebemos água mineral. Eu tinha que fazer anotações, era preciso telefonar para a embaixada brasileira e para a redação do jornal. Subi para o meu quarto. Meia hora depois, Axel, no quarto ao lado, começou a sua rotina de puxar a descarga do vaso sanitário. Mais tarde, bateu à minha porta e me convidou para jantar na sua companhia, no seu quarto. Tinha conseguido falar com a copa do hotel, mas o serviço com certeza demoraria.

Rolos de filme, folhas de contatos e lentes estavam espalhados pelo chão do quarto ao lado. Uma valise de couro estava aberta sobre a cama. Uma agenda com páginas rasgadas fora deixada sobre a mesa. A televisão, com a imagem da bandeira iraquiana tremulando atrás de um apresentador de noticiário, estava ligada sem volume. Do rádio da cabeceira da cama chegavam músicas árabes. Contei-lhe que a embaixada tinha avisado que era impossível, no momento, pensar em embarcar os brasileiros. Axel respondeu que também não sabia quando poderia deixar a cidade. Sua voz, que sempre era muito clara e firme, mostrou, pela primeira vez, os disfarces que usava para esconder o medo da guerra. Havia uma certa ironia desesperada. E foi nesse momento que nossos olhos se cruzaram, de maneira mais prolongada. Uma guerra pode criar laços que não se desatam na paz.

O empregado do hotel bateu à porta. Quando Axel pediu que colocasse a bandeja sobre a mesa, uma segunda explosão apagou as luzes do prédio. A porta de vidro da varanda abriu e uma rajada de vento quente entrou no quarto. O alvo, desta vez, tinha sido o próprio hotel. O camareiro correu em direção à escada. Axel, na varanda, procurou imagens. No pátio, em volta da piscina, mulheres e crianças corriam para se proteger nas águas do rio Tigre. Axel fotografou o que podia ver no escuro. O telefone ficou mudo, o rádio deixou de tocar música árabe e passou a transmitir apenas estática.

A imagem da bandeira árabe desapareceu da tela da televisão. Quando Axel voltou para o interior do quarto, disse, em voz baixa, que a noite seria longa. Pôs a máquina fotográfica sobre a cama, ao lado da valise de couro, tirou a roupa, ficou nu, foi para o chuveiro. Antes, puxou a descarga mais uma vez.

Saiu do banho sem se enxugar. Olhou em minha direção, apanhou o pedaço de pão que eu tinha na minha mão, colocou-o com certo cuidado sobre a mesa, ao lado da bandeja, e mordeu o meu lábio inferior. Era preciso saber compreender quem estava no comando da situação e observar. Vigiei os cabelos muito pretos de Axel Blatner, que eram a sua herança pernambucana, e a sua pele muito alva, que tinha por ser alemão. Não agi. Atentamente, acompanhei os seus olhos, as suas mãos, as suas pernas, e as idas e vindas da sua barriga contra a minha.

Não era preciso uma grande dose de coragem. Foi ele quem tirou a minha camisa, quem desabotoou as minhas calças e quem arrancou, de uma vez, como quem tira curativos de área recém-cicatrizada, a minha cueca, que ficou no chão. Na minha memória, lembro-me de haver dito que aquilo não poderia dar certo porque, para ser o homem que tinha a intenção de ser, eu precisava de uma cama para compartilhar com Betina, e das duas crianças dentro de casa, que era ambiente reconfortante e pacífico.

Ali, cercado por Axel Blatner por todos os lados do meu corpo, tive de encarar o fato de que, pela primeira vez, como uma surpresa adiada mas presente todos os dias da minha vida, estava frente a frente com outro corpo masculino. As situações, quando são vividas pela primeira vez, podem provocar admiração, ou um contágio extraordinário de felicidade palpitante. Podem criar uma atmosfera de pânico, pavor, com sensação de ressecamento da garganta. Ou podem até mesmo produzir tédio diante do desejo.

Não foi o corpo de Axel que me atraiu, no quarto do hotel às escuras ao som dos gritos que vinham do pátio, onde as pessoas corriam diante da ameaça de mais bombardeamento. Eu nunca tinha presenciado uma guerra, nem nunca tinha visto, de maneira tão real e próxima, uma outra ereção como a minha. E eu estava ali, naquele momento, pulsando com vida na guerra e no quarto de Axel. Sobreviver era a minha vontade.

Na penumbra, eu olhava o corpo de Axel para saber o que fazer com o meu. Há reações e contrações que são involuntárias, mas nem tudo o que se faz pode ser feito sem a sua vontade expressa. Beijar ou abraçar exigem desejo de abraço e de beijo. Mas era impossível, para mim, negar os desejos da língua e dos braços porque, entre dois corpos amantes, não existem inocentes. No início da noite, quando Axel se sentou ao meu lado na poltrona do saguão do hotel, depois da tentativa de sair às ruas, a sua maneira de caminhar já me inspirava uma atração que não podia ser dita nem anunciada. Eu teria passado a noite ali, sentado ao lado dos egípcios, mas o seu convite me tirara do lugar. E quando ele se lançara na multidão no incêndio da rua Yafa, a sua bermuda cortada à altura do ponto mais alto das coxas tinha exalado um desejo de coragem que acabara por ser meu. Coxas firmes têm uma certa valentia. Peitos e ombros mal escondidos em camisetas de verão mostram pêlos de axila e cheiro de uma aventura à qual eu, sem nunca tê-la vivido, já me tornara indiferente. Dessa forma, corri contra a indiferença, em direção à multidão, para ver de perto as mulheres que, com as bocas abertas como trombetas e as línguas vibrando entre os dentes, anunciavam a desgraça que caía sobre Bagdá.

E ali estávamos nós, em pé no quarto, peito contra peito. A novidade do outro corpo masculino não era o que me fascinava. Axel não me salvava de nada, porque não havia perdição anterior que pedisse salvação. Mas o seu corpo, o cheiro do seu hálito, a força das suas mãos, a aspereza natural da sua pele, a mordida dos seus beijos, a dor inesperada dos meus músculos, me embriagavam e provocavam em mim o calor da delícia, que é o que dá à vida o dom da maravilha. Nossos corpos, jogados na cama, ou em pé, quando me apoiei contra a mesa, ou esmagados contra a parede do quarto, formavam um ponto isolado no espaço do mundo. O ponto, contrito, relaxado, ou com espasmos, é a forma geométrica e mutável do desejo.

O meu nome, Filipe, foi repetido várias vezes por Axel naquela noite que era para ser longa. Mas poderia se estender por muitas mais horas. Na manhã seguinte, quando me levantei da cama, acreditei estar vendo o mesmo mundo que havia deixado quando entrara no quarto de Axel. Os músculos das minhas coxas doíam, os cabelos do homem ao meu lado estava desalinhados, com as mechas espalhadas sobre o travesseiro branco. A barriga de Axel inalava e exalava o ar do sono. Saí para a embaixada, onde os brasileiros esperavam pelo vôo. Quando voltei, Axel não estava no hotel. Uma caminhada ao longo da rua Rashid, que corta a cidade à margem do rio Tigre, mostrou homens e mulheres sitiados, de olhar fixo no céu e no horizonte em direção à Arábia Saudita. Os bares da margem do rio, cobertos por árvores de longas ramas, estavam vazios. Apenas alguns homens velhos bebiam chá. E não falavam. Todos aguardavam.

Na volta ao hotel, o recepcionista me entregou a chave do quarto e um bilhete escrito por Axel Blatner. Este bilhete tinha apenas uma palavra em português, escolhida entre as pouquíssimas que ele havia aprendido com a mãe na Alemanha. "Amigo", dizia ele para avisar em seguida que seguira viagem até Zakho, na fronteira com a Turquia, e que estaria de volta dentro de três dias. Dizia também que contava me encontrar ainda em Bagdá. O vôo dos brasileiros partiria um dia depois do retorno de Axel.

Da embaixada, eu tinha conseguido telefonar para a redação do jornal. As rotinas são úteis e necessárias numa guerra e são particularmente diferentes da rotina de um jornal, onde os jornalistas se sentam diante dos seus computadores e preenchem o espaço confuso e perdulário que existe entre eles e o resto do mundo. Por causa da rotina do país em guerra, telefonei também para a minha casa. Esperei quatro horas para poder falar. Quem me atendeu foi Veronete, a transformista que Betina havia contratado para o serviço doméstico. Veronete, com a sua imensa capacidade de falar, contou que as crianças estavam na escola e que Betina já havia chegado do trabalho e saído em seguida, para buscar os filhos. Era hora do almoço no Brasil.

Na véspera do meu regresso, uma nova explosão aconteceu em Bagdá. Tínhamos também notícia de outros bombardeios, no norte do país. A auto-estrada no deserto estava destruída, era a informação que chegava. Axel teria que buscar vias secundárias para voltar à cidade. Sentei-me no saguão do hotel para aguardá-lo, enquanto conversava com os outros jornalistas, que esperavam, apreensivos, notícias de novos ataques. Os ataques não aconteceram e Axel não voltou.

Às quatro horas da manhã, os jornalistas se reuniram na recepção do hotel. Notícias vagas do desaparecimento de um grupo de iraquianos que tentava fugir pela fronteira turca haviam acabado de chegar ao hotel. Com os fugitivos, havia um fotógrafo alemão. Uma equipe de televisão de Berlim disse saber do fotógrafo que, na verdade, trabalhava com refugiados. Os outros jornalistas se interessaram pela notícia do desaparecimento do alemão e abriram os seus computadores portáteis. Fiquei parado, na entrada do hotel, à espera. Três horas mais tarde, quando já havia luz do dia, chegou o carro para me levar à embaixada, de onde iríamos para o aeroporto.

Os brasileiros se preparavam para a viagem. As malas, os embrulhos, as recordações do país em guerra, a

A descoberta do fogo

areia nas roupas e nos cabelos, tudo seria levado no longo trajeto de volta. Quando me preparei para entrar no carro, percebi que ainda havia o cheiro agressivo e meigo de Axel em mim e que partir seria deixar para trás, de maneira irremediável, o aroma latejante da delícia. Saí do carro e cedi o meu assento a uma mulher com filho de colo.

Um mapa e um carro era o que precisava, no momento. Com facilidade, consegui o mapa. O carro foi arranjado somente depois de conversa demorada com um funcionário da embaixada do Brasil, a ser embarcado no segundo vôo, marcado para a manhã seguinte, que aceitou o pagamento em dinares iraquianos, de pouco valor no câmbio oficial e de difícil venda no paralelo. No dia seguinte, parti em direção ao norte.

Existem imensas zonas de paz numa guerra. As areias à beira da estrada não se moviam, as tamareiras mantinham as frutas e as palmas intactas. Nas casas construídas ao longo das pistas, os habitantes acenavam para o carro. Em Mosul, encontrei um grupo de estrangeiros na porta do hotel onde me hospedei e de onde telefonei para casa. Foi Lucas, o meu filho, quem atendeu o telefone. Perguntou-me se era verdade que havia uma guerra no lugar onde eu me encontrava. Disse-lhe que mais ou menos havia, sim. Betina apanhou o telefone e me pediu notícias. Expliquei que estava em Mosul, no norte, para acompanhar a viagem dos refugiados. Ela me perguntou que novidade era aquela. Respondi, já mostrando um certo cansaço na voz, devido à viagem e por causa do acúmulo de areia no meu corpo, que a novidade não era essa, era outra. Mas não entrei em detalhes.

Os estrangeiros do hotel eram também alemães. Aproximei-me com um certo cuidado. Eu não tinha motivo para ter feito a viagem até o norte do Iraque. Por esta razão, quando me perguntaram o que eu pretendia com o fotógrafo Blatner, respondi, em silêncio, que pretendia rever as suas calças jeans cortadas à altura das virilhas e tocar mais uma vez as suas coxas. Essas coisas, no entanto, não se dizem. Expliquei que a sua caderneta, com a lista das pessoas que ele deveria passar pela fronteira, tinha ficado comigo, o que era verdade. Axel devia ter pensado que a havia esquecido no hotel. Mas eu a tinha levado comigo, ao sair do seu quarto. Quisera descobrir o motivo do barulho periódico da descarga do vaso sanitário. Meu desejo tinha sido devolvê-la, mas quando tomamos alguma coisa, qualquer que seja, de uma outra pessoa, ela, mesmo desfalcada do que lhe tenha sido roubado, continua dona do seu próprio caminho e capaz de traçar o próprio rumo. Cabe a nós, então, procurá-la mundo afora e devolver o que ficou em nossa posse.

O meu cansaço, a minha pele queimada pelo sol iraquiano, a passagem pelas areias estavam marcados na minha expressão quando os estrangeiros me perguntaram de onde eu conhecia Blatner, como havia conseguido a caderneta, qual era o meu nome completo e para qual jornal alegadamente eu trabalhava. As minhas respostas não pareciam convincentes e nem eu mesmo acreditava nelas porque, na verdade, nada daquilo importava a não ser o estranho fato de eu ter desistido do vôo e viajado para o norte do país à procura de um homem. Como eu ainda me acostumava a raciocinar dessa maneira, as minhas respostas eram dadas com voz tíbia, com entonação de segredos que não se revelam. O elo que eles não encontravam era o que eu jamais diria. Mas é provável que Axel tenha sido informado sobre o jornalista que o procurava porque, depois de algumas horas de interrogatório, quando eu havia pedido água e comida, entrou no hotel um homem que disse, com frases extremamente curtas, que eu estivesse no meu quarto às cinco da tarde, pontualmente.

Bateram à porta três vezes. Eram cinco horas da tarde quando Axel chegou. O seu corpo empoeirado e escurecido pelo sol provocaram um ruído de ranger de assoalho no quarto. Fechei a porta e esperei que ele tomasse alguma atitude mas, como ele apenas me olhou demoradamente, abri os braços e o retive perto do meu corpo. As suas coxas, agora, estavam mais expostas do que nunca, sem a bermuda. O seu peito me encarava com confiança. A sua boca, aberta e muda, me falava o que eu queria ouvir com os sentidos em estado de alerta amoroso. Do lado de fora, no corredor, dois homens vigiavam o meu quarto, para proteger Blatner. No interior do quarto, coisa que os dois homens desconheciam, estava Axel. Apreciei as suas virilhas, que se contraíam ou relaxavam, de acordo com os movimentos das pernas sobre a cama. Experimentei o sabor das axilas, cheirei a poeira dos seus cabelos, lambi o suor da sua barriga. Era ele, desta vez, quem observava os meus movimentos para saber como agir. Há o que nunca aprendemos, por ausência absoluta de desejo ou tino. Mas há outras coisas que aprendemos imediatamente e conseguimos repeti-las na segunda oportunidade. Era como se nos conhecêssemos desde o início de todas as guerras. E tínhamos pouco tempo no quarto iraquiano. É uma lástima o breve prazo de uma vida. Porque é sempre longo o encontro entre dois corpos.

Entreguei-lhe a caderneta de madrugada, quando despertei ao seu lado. Levei o carro ao posto de gasolina e voltei ao hotel. Axel perguntou-me para que lado eu ia, já que ele teria que atravessar a fronteira na noite daquele mesmo dia. Respondi que voltaria para o aeroporto mais próximo, que era o de Bagdá. Ele arrancou uma folha da caderneta, anotou o número de telefone e o endereço eletrônico em Malburg, onde me aguardaria, e perguntou se eu gostaria de conhecer as redondezas de Mosul.

Passamos a manhã numa dessas zonas de paz existentes em todas as guerras. O silêncio envolvente do deserto acompanhava o corpo de Axel, que se movia à minha frente como as dunas levadas pelo vento. A sua mão não abandonou o meu ombro em nenhum momento da caminhada. Ele precisaria sempre voltar para a guerra, porque era lá, e só lá, que o verdadeiro fogo ardia. O meu fogo, azulado e quase muito brando, na minha casa e na redação do jornal, onde o mundo passava ao largo e dele apenas se recebiam vagas notícias, eu teria que saber fazer queimar no meu peito. Axel foi quem me ensinou essa artimanha da felicidade.

A saudade do ar

A cidade era tomada de assalto pelo mistral, o vento que arrepia o sul. A avenida principal, de poucos metros, colocada entre uma fonte e a estátua do Roy René, e que, desde do início da primavera até os últimos dias já esfriados do verão, tinha a proteção agradável dos galhos fartos das árvores, estava despida debaixo das primeiras chuvas. Tudo voava, levado pelo vento que escorria, com a energia melancólica do outono, pelas ruas estreitas que levavam, em retas ou em curvas agudas, até a avenida principal: as cortinas das janelas, as saias das mulheres que passavam apressadas, e as cadeiras dos bares com esplanadas que, para não serem levadas pelo vento, tinham que ser acorrentadas às mesas. A cidade, nesses dias, era um circo desmontado.

As cem fontes da cidade jorravam menos água que os muros, todos úmidos. As pedras antigas das ruas não ofereciam nenhuma aderência aos sapatos dos caminhantes que subiam e desciam os becos debaixo da chuva eternamente inclinada, nunca em pé, por causa da força do vento. Aix-en-Provence deixava de ser apenas a cidade que sempre era ao pé da montanha Sainte-Victoire para se tornar um redemoinho de portas, janelas, praças, cafés, livrarias e uma estação de trem, possivelmente o prédio mais pesado de todos os que ameaçavam levantar vôo com a força do mistral.

Na rua Félibre Gault, um dos mais estreitos becos da zona central da cidade, Manuel David havia usado um muro úmido para deixar a sua mensagem escrita com letras graúdas e negras. "J'amatte les amantes de mon amant", é o que ele gritava sobre o muro. Quem passasse e lesse o aviso de morte teria dificuldade em compreender o verbo *amatter*, que, se tem parentescos evidentes com *matar*, é radicalmente diferente de *tuer*. Mas eram assim os seus sentimentos naqueles dias, um caldeirão em que se misturavam emoções pessoais e gritos da língua do Pays d'Oc. No outro extremo da rua Félibre Gault estava a casa de Manuel David, no terceiro andar de um prédio antigo, com estrutura frágil. As escadas, que subiam até o sexto andar, tinham sido retorcidas pelo tempo, e as portas dos apartamentos mostravam dificuldades em se abrirem. Rangiam como cadeiras de balanço. No interior do apartamento, o vento corria com a mesma liberdade com que percorria ruas, avenidas e praças. As janelas da casa de Manuel deixavam sempre frestas, fissuras e ranhuras por onde entrava o mistral de outono. Também ali tudo voava: a toalha da mesa, os lençóis da cama, as meias abandonadas ao lado dos sapatos, a cortina do banheiro e os cabelos do dono da casa. As paredes e o assoalho não se aqueciam nunca.

Embarquei, no Brasil, em dia de secura e de sol. Entrei no avião levando, comigo, uma bolsa de mão com dinheiro e passaporte, um computador portátil, um embrulho com três livros e uma cesta de vime com uma dúzia de mangas-de-cheiro, ainda verdes, que me foram entregues por Veronete, o travesti que eu tinha indicado para trabalhar na casa de Betina, minha vizinha. "Madura rapidinho" foi o que ela me avisou à porta de casa, antes de eu entrar no táxi, já temendo que o cheiro das frutas, embrulhadas em pano de prato, se espalhasse pelo avião a caminho de Aix-en-Provence, do vento mistral e de Manuel David.

Eu estava no céu, acima das nuvens, onde brilhava o mesmo sol deixado no Brasil, quando Manuel entrou na sua casa na rua Félibre Gault e assobiou para que Minuit, o cão, viesse ter com o dono. Manuel esperou, parado ainda na porta, de olho no fim do corredor perfurado pelas portas da cozinha, do banheiro, dos dois quartos e da sala onde as janelas não se vedavam. Minuit nunca veio. A casa estava vazia.

Quando o avião pousou em Casablanca, Manuel, em Aix-en-Provence, buscava Minuit nas ruas. Procurou em todas as partes. Chegou a ir até mesmo à casa de Alain que, ao abrir a porta, não escondeu a surpresa diante da visita. Manuel perguntou se ele tinha visto Minuit. Alain respondeu que não e Manuel avisou: "Se o encontrar, me avise, não deixe de me telefonar imediatamente." E quando o avião decolou do aeroporto internacional de Casablanca, numa madrugada fria, Manuel estava sozinho no seu apartamento, à espera do cão desaparecido. Algumas horas depois, tomou banho, deixou a porta de casa entreaberta, para receber Minuit, e dirigiu o seu carro até o aeroporto de Marselha, onde eu era esperado. Só quando chegou ao aeroporto, comprou flores amarelas e parou diante da porta de chegada. Era por ali que eu entraria no país.

Manuel David acumulava, no seu corpo, toda a força do mistral. A sua voz ecoava como o vento, os seus olhos se moviam com velocidade, os seus cabelos nunca se penteavam e o seu coração estava assustadoramente suspenso no ar. A sua paz aparente, a lentidão dos gestos e a brandura dos movimentos eram calmaria momentânea, arisca e perigosa. O hálito de vinho misturado a tabaco fumado em cigarros sem filtro, as manchas do casaco surrado, as mãos escondidas nos bolsos da calça podiam se transformar, em poucos minutos, num vendaval. Quando nos encontramos, ele teve vontade apenas de me desejar uma boa noite e me entregou as flores amarelas. Eu lhe entreguei as mangas-de-cheiro.

Na manhã seguinte, eu começaria a ajudá-lo na livraria de sua propriedade onde, antes, ele havia trabalhado na companhia do sócio Alain, que acabara por abandonar a empresa. Nas prateleiras e nos balcões da livraria eram colocados os livros de interesses dos estudantes universitários, os romances, e as caras edições dos grandes fotógrafos. Ao lado da máquina registradora, onde eu me sentaria durante oitos horas diárias, estavam expostos os cartões postais. E, debaixo do balcão, Manuel escondia os livros sobre plantio caseiro de ervas alucinógenas e os dossiês de sexualidade em edições não autorizadas pela lei do país. Estes livros, mantidos fora da visão dos fregueses menos costumeiros da casa, eram o que, na verdade, garantia o lucro da livraria.

No dia da minha chegada, Manuel subiu com apreensão as escadas do prédio onde morava. Esperava ouvir os ganidos e latidos de Minuit sentado à porta no terceiro andar. O apartamento estava em silêncio e a ausência do cão, da sua língua e da sua respiração curta, trazia uma atmosfera fria e abandonada a todos os cômodos. Um dos vitrais da janela da sala, que tinha o vidro substituído por um pedaço de plástico mantido no lugar com pequenos pregos, uivava com a força do vento. Saímos da casa imediatamente.

A saudade do ar

Durante o jantar no restaurante vietnamita, perguntei o que havia, afinal, acontecido para que Alain abandonasse a livraria e fosse embora do apartamento da rua Félibre Gault. Manuel David falou, com poucas palavras, do frio da casa onde viviam os dois e onde ele ainda morava, falou mais demoradamente de Georgette, a enfermeira de cabelos vermelhos, e falou, com a voz pausada, do abandono. Perguntei, em seguida, onde poderia estar Minuit, coisa que Manuel David não sabia no momento da minha pergunta. Também já não podia raciocinar para traçar os possíveis caminhos tomados pelo cão de pêlo escuro, por causa do vinho ingerido em lugar da comida, deixada no prato em cima da mesa, coberta pelo garfo e pela faca. Foi a vez de Manuel me perguntar por que eu havia decidido voltar a Aix-en-Provence depois de quatro anos e meio de ausência. Resumi o tempo de ausência: contei dos móveis que fizera para vender, da casa onde conhecera Carlos Donizete, da fazenda fechada em Nova Veneza.

No caminho de volta à casa, Manuel entrou em ruas onde Minuit poderia estar perdido. Subimos as escadas às pressas para reencontrar o cão que, apesar de tudo, não havia regressado ao apartamento. Tomamos café em pé na cozinha, ao lado da pequena labareda do fogão a gás. Entrei no banheiro, escovei os dentes, lavei as mãos, o rosto, as axilas e os pés na pia bamba e fui para a cama. Manuel estava sentado na sala, com os olhos fixos na porta por onde entraria Minuit. Quando me deitei, o ar estava gelado e percorria as paredes amareladas do quarto como se procurasse pouso.

De madrugada, na escuridão do apartamento, acordei com o barulho que poderia estar fazendo Minuit ao voltar para o seu dono. Levantei a cabeça do travesseiro e reconheci os passos de Manuel, que percorria o corredor desde a sala até a porta para, então, fazer o trajeto inverso. O cigarro aceso era um pequeno ponto de luz na escuridão enfumaçada do corredor. A sua respiração, pesada e lenta, entrava em mim com a perfuração aguda e afastada dos apitos dos barcos que se distanciam dos portos. Mantive silêncio. Marquei o ritmo dos pés descalços de Manuel David. Pensei em Minuit e decidi que, no dia seguinte, teria que visitar Alain na casa da rua Mazarine, onde vivia com Georgette.

Mas o pequeno farol do cigarro preso aos lábios de Manuel mostrou que ele, agora, caminhava em minha direção. Com um cobertor jogado sobre os ombros, ele se deitou no colchão jogado sobre o chão do quarto onde eu dormia. Acomodou-se debaixo dos meus cobertores e, ao encostar-se em mim, o seu corpo tremia de frio e trazia restos do mistral. Passou a mão no meu rosto. Guardou as suas pernas geladas entre as minhas, apoiou o seu peito abandonado em meus braços. Quando apagou o cigarro no chão, a luz que passou a brilhar na escuridão arrepiante do quarto eram os seus olhos azuis como safira. Quis me beijar mas, no caminho entre a boca de Manuel e a minha boca, ele deixou exalar o primeiro suspiro do seu outono. Os soluços, acompanhados pelas lágrimas que escorriam mornas dos seus olhos azuis, tinham o mesmo ritmo que antes tinham os seus passos no corredor e acompanharam, até as primeiras horas da manhã fria, o compasso do relógio pendurado na parede do corredor, acima da porta de saída.

O mistral, o ar, os muros úmidos, as pedras escorregadias das ruas, as paredes amareladas do apartamento, o desaparecimento de Minuit, a partida de Alain, tudo isto comportava o peito de Manuel. Os soluços retirados da garganta e da boca que poderia ter servido para acomodar a minha língua não encontraram palavras, no silêncio e na escuridão da madrugada, para falar da solidão. Eu, que acabava de chegar do calor do Brasil, sentia-me bem. Manuel arrepiava-se e espirrava. As maçãs do seu rosto estavam avermelhadas.

Quando me levantei da cama, a neblina cruzava velozmente a cidade ainda vazia. Abri a torneira do chuveiro e esperei que a água esquentasse enquanto preparava o café na cozinha. Levei a xícara para o banheiro e a deixei sobre a tampa fechada do vaso sanitário. Joguei o meu corpo na água quente, que enchia o banheiro com um vapor agradável. Manuel entrou no banheiro, deixou cair no chão o cobertor que cobria o seu corpo e também entrou debaixo da água. Não disse bom dia e apenas apanhou o sabonete para passá-lo, com movimentos lentos, idênticos aos da sua calmaria momentânea, no meu peito e nos meus cabelos. Eu o encarava. Ele me olhava. A água do chuveiro também caía inclinada, nunca em pé, sobre os nossos corpos. Fui o primeiro a sair do banho. Enxuguei o corpo e, enrolado na toalha, corri ao quarto de Manuel para buscar a outra toalha, que lhe entreguei. Enquanto ele se secava, sentei-me na tampa fechada do vaso sanitário para tomar o café e observar o corpo molhado à minha frente.

Eu conhecia o corpo de Manuel e tinha, com ele, uma intimidade antiga, conseguida não apenas nas horas em que os dois estávamos acordados na cama ou na montanha Sainte-Victoire quando era verão. Eu o conhecia também nas horas em que Manuel dormia e eu me deixava ficar acordado ao seu lado, com a cabeça apoiada na mão, e os olhos abertos. Passava o nariz por todo o seu corpo, sem tocá-lo. Sentia todos os diferentes cheiros que o corpo dos homens podem ter e que são distintos nas diferentes ocasiões da vida. A dormência tem um aroma de fronhas e lençóis recém-lavados, um perfume suave e embranquecido. O corpo, depois que cessam os movimentos sobre o outro corpo, tem um cheiro ácido, principalmente entre o umbigo e o fim das coxas.

Eu poderia voltar a tocar o corpo de Manuel e, para isso, bastava estender a mão e chegar até ele. Mas estava ocupado com a xícara de café e ele, distraído com o carinho da toalha morna e levemente úmida. Saímos de casa e, quando abrimos a porta da livraria, um cheiro forte de livros mofados, de páginas intactas, grossas e molhadas, espalhou-se pela rua.

Cinco semanas após a minha chegada, eu ainda esperava o dia de visitar Alain e Georgette. Estava na livraria quando Manuel entrou com a notícia de que Minuit poderia ser o cão visto por um amigo em uma casa em Fuveau, a cidade a treze quilômetros dali, em direção ao mar. Fechei a porta da livraria, entramos no carro e partimos. A estrada, estreita, com curvas entre as montanhas e as árvores adormecidas, estava coberta pela neblina do fim da tarde. Entramos em Fuveau e estacionamos o carro em frente à nova casa de Minuit.

Foi o cão que latiu com o barulho do motor do automóvel. Manuel, ao ouvir os latidos, gritou o nome de Minuit, que correu ao portão, com abanos rápidos do rabo. Manuel bateu com a mão nas coxas e o cão, de pêlos escuros, abraçou o amigo com as patas e mostrou a sua alegria pelo reencontro com a língua estendida. Veio, então, o novo dono de Minuit, que conhecia o cão pelo nome de Léo. Minuit afastou-se de Manuel e passou a demonstrar a mesma afeição pelo outro homem.

Eu estava parado, à beira do portão. A madeira da cerca molhada gelava a minha mão. Manuel explicou ao dono da casa que se tratava de Minuit, o seu cão desaparecido cinco semanas antes. O homem olhou para o cão, que abanava o rabo. Sua voz era rouca, muito baixa, mas foi possível ouvir quando ele comentou que, se tinha ido embora de uma hora para outra, algum motivo havia de ter tido o cachorro. Manuel calou-se diante do argumento. Todos os que vão um dia embora têm motivos para a partida mas também têm motivos os que ficam para trás.

Minuit impacientou-se entre os dois donos. Passou a dar passos curtos, de um lado para o outro, entre a parede lateral da casa e a cerca do portão da rua, onde eu estava. Os dois homens se olhavam. Sem chamar a atenção, voltei ao carro e abri a porta traseira para o caso de Minuit querer entrar. Deixei-a aberta. O vento gelado e chuvoso entrou no carro imediatamente.

O homem, baixo, gordo, de voz muito rouca, esperava que Manuel fosse embora. Manuel aguardava a decisão de Minuit. Eu permanecia do lado de fora do portão, ao lado da porta aberta do carro. Minuit desesperava-se. Foi o homem quem teve a idéia de deixar para o cão a escolha do dono. Ele ficaria dentro de casa, Minuit seria deixado no portão e Manuel entraria no carro.

O homem entrou e fechou a porta. Manuel caminhou em minha direção. Minuit levantou-se. Andou por onde havia passado Manuel. Cheirou o carro, levantou as patas para apoiar-se contra o assento traseiro. Olhou para mim, aproximou o nariz das minhas roupas, abanou o rabo depois de quatro anos e meio de ausência, virou o focinho para o portão da casa. Manuel entrou e sentou-se no banco do motorista. Nem ele nem o homem da casa chamavam o cachorro. Eu disse "Minuit" e ele me olhou. Eu também disse "Léo" e ele me encarou.

A chuva começou a cair, inclinada, sobre as ruas de Fuveau. Minuit, com as orelhas abaixadas e o rabo entre as pernas, passou em frente ao carro e chegou perto de Manuel. Olhou demoradamente e o seu olhar era seguido pelo ganido e pelo movimento rápido da língua. Lambeu a mão de Manuel e voltou para o portão da casa. Entrei, então, no carro onde estava Manuel, que ligou o motor. As rodas se moveram lentamente, em direção ao topo da rua. Minuit acompanhou o carro até o alto da cidade, manteve o cortejo até que passássemos novamente na porta da casa e ali ficou, sem tirar os olhos dos amigos que se afastavam e iam embora para sempre. Quando fizemos a curva na parte baixa da rua, uma voz de criança gritou, com uma alegria que feriu os ouvidos de Manuel: "Léo!"

O silêncio da viagem de volta só foi abandonado quando, ao passarmos pela montanha Sainte-Victoire, Manuel David me perguntou se me lembrava de quando a havíamos escalado, num dia de verão. Balancei a cabeça. Eu me lembrava, não me esquecia de nada, em nenhum momento. Mas eu também sabia, enquanto o carro contornava a montanha, que não haveria nenhum reencontro. Eu ficaria muito anos na livraria, na companhia de Manuel e dos livros escondidos debaixo do balcão, mas não estaria nunca lado a lado com Alain, Minuit ou Manuel, como éramos capazes de estar no tempo em que vivíamos juntos, os quatro, e dormíamos na mesma cama do mesmo quarto. Quando o outono chega e se instala, o ar congela as mãos, os cílios, os lábios, as cuecas e as palavras da boca. Não se trata de tristeza irremediável porque os outonos têm data marcada para acabarem. Mas, durante algum tempo, o ar congela o calor do corpo.

O desejo da água

Um

O momento e o dia em que Paulo Haas e Antônio Vivacqua se viram e se conheceram foram imprevistos, mesmo que os tarólogos, as quiromantes e os jogadores de búzio digam que nada é por acaso e que apenas o cristianismo fecha os olhos para o futuro evidente dos cristãos. Andando na rua no sentido de quem vai do norte para sul da cidade, Paulo Haas viu quando uma mulher engordada pela idade, e muito branca apesar do sol, tentou se apoiar num dos postes da calçada. Estendeu o braço mas, antes de encontrar o apoio, caiu no chão. Antônio Vivacqua, que seguia na mesma calçada em sentido contrário, como quem sai do sul e vai para o norte, correu para socorrer a mulher sem sentidos caída na rua, com as pernas um pouco abertas, do meio das quais corria um fio de urina. Os dois se aproximaram dela no mesmo momento e cada um deles tentou levantá-la pelo braço. Como a mulher mantinha os olhos fechados e emitia pequenos suspiros de angústia, eles a levaram até a mesa de um bar e lhe serviram um copo d'água, conseguido com dificuldade porque, naqueles dias que antecederam o pânico geral dos habitantes da cidade, a água já começava a mostrar os primeiros sinais de desaparecimento. A mulher recuperou-se e disse, com a voz muito baixa, que a seca acabaria por matá-la e que teria que voltar para a sua terra se quisesse manter a saúde. Paulo Haas e Antônio Vivacqua puxaram então conversa, o que serviu principalmente para que Antônio Vivacqua falasse e Paulo Haas ouvisse e os dois dissessem os seus números de telefone. Paulo Haas, que quase nunca falava, foi o primeiro a se retirar. Antônio Vivacqua olhou-o, com os seus olhos confiantes e o seu sorriso de falsário.

Dois

A longa seca começou no segundo dia do mês de fevereiro, quando choveu pela última vez. Os gramados espalhados pela cidade ainda estavam verdes e as árvores tinham, naqueles dias, ramas, galhos fortes e folhas. Dois meses depois, a cidade trocou a grama por um tapete de palha seca, que partia sob o peso dos pés das pessoas. Em agosto, um professor universitário, considerado alarmista, declarou que não havia condições meteorológicas para que as chuvas voltassem. Mas foi somente em outubro que a população da cidade, já acostumada à seca regular de todos os anos, começou a apresentar os primeiros sintomas de exaustão. Nos hospitais, cresciam as filas de doentes com problemas respiratórios e mal-estar súbito. A pneumonia começou a atacar as pessoas poucas semanas depois. Cinco casos de meningite foram registrados, em áreas isoladas. O pôr-do-sol, que era a beleza exposta e sangrenta da seca, esmagava a silhueta da cidade contra o chão.

Três

Quando Paulo Haas acordou com o som da campainha do telefone, o travesseiro da cama estava marcado pelo sangue que escorrera do seu nariz durante a noite. Os seus lábios eram como a terra, com crostas secas separadas por sulcos feridos. Do outro lado da linha, Antônio Vivacqua sorriu ao cumprimentá-lo e perguntou se aquela ainda era hora de estar na cama. "Uma tonteira brava", foi o que explicou Paulo Haas. Havia pouco mais a ser dito, ali, com cada um deles segurando o telefone nas mãos. O calor do dia reluzia nas paredes, nos móveis empoeirados, no assoalho da cozinha. Não havia lugar onde se esconder do sol e não existia mais nenhuma proteção ou salvaguarda para os olhos, para os corpos ou para os corações. Tudo se alucinava, às vistas do mundo. Nos dias de seca, o corpo se esvai e se afoga no sangue que pulsa com lentidão. A voz de Antônio Vivacqua despertou-o novamente da sonolência, sem saber que o torpor de Paulo Haas era mais antigo do que a seca. Fez o convite: "A festa de sábado à noite." Paulo Haas não sabia da festa. "O abandono das obras de recuperação do Palace Hotel." O fio de sangue voltou a escorrer do nariz de Paulo Haas. "Desistência da construtora." Paulo Haas disse, então, que sim. "Desistência por motivo de seca prolongada", disse Antônio Vivacqua. "Uma cidade deserta."

Quatro

As cigarras, que deixam de cantar quando chegam as chuvas, deixaram de cantar em plena seca. Passaram a emitir berros agudos, como lâminas brilhantes e afiadas, que perfuravam os ouvidos da cidade. Paulo Haas não se movia, fechava os olhos e ouvia o grito alucinante das cigarras até esquecer que ouvia.

Cinco

A prima de Paulo Haas, Maria do Socorro Brasil, que, cinco anos antes, tinha sido colocada numa cadeira de rodas para sempre, passou a se recusar a falar. Os dois moravam juntos no mesmo apartamento antigo, levantado na época da construção da cidade: ele dormia no quarto, eles ocupavam, de comum acordo, a sala, a cozinha e o banheiro dos fundos, e ela dormia no banheiro social reformado. No lugar da antiga banheira, havia uma cama e, onde antes estava o chuveiro, construíram um armário em que Maria do Socorro Brasil guardava os vestidos, os pares de tênis, as calças compridas e uma caixa com as antigas cartas enviadas pelo marido, quando ainda era noivo, e que, agora, era homem morto e enterrado. Morrera e fora enterrado quando uma bala perdida tinha terminado a trajetória no seu peito. A outra bala, também perdida, havia atingido a espinha de Maria do Socorro Brasil, que deixara de andar. Mas tinha parado de falar por decisão pessoal. Paulo Haas, que tinha controle de todas as suas funções e habilidades físicas, falava muito pouco também. Era, talvez, coisa de família, de gente calada. Maria do Socorro Brasil passou a preocupar o primo. Se lhe davam de comer, comia. Se a levavam ao banheiro, usava o vaso sanitário. Mas era indiferente. Foi por causa dessa indiferença que Paulo Haas resolveu levá-la para o Lar do Repouso. Ela ficaria lá, talvez para sempre.

Seis

Foi na grande festa em comemoração ao abandono das obras de recuperação do Palace Hotel que Paulo Haas ficou sabendo que Antônio Vivacqua era policial. Nas paredes abandonadas do prédio, a palavra "água" aparecia várias vezes. Escrita com letras miúdas, em formas grandes, em vermelho, preto, ou amarelo vivo. Do lado de fora do prédio, à margem do lago Paranoá, o ar seco, quase gelado, estava imóvel. Não havia vento ou brisa que o levasse aos pulmões. Era preciso esforço para respirar. No salão que teria se tornado, um dia, o saguão de entrada do hotel, a música explodia, seca, e as luzes mostravam gente fantasiada de habitantes do deserto africano. As bebidas, e principalmente a água, eram servidas em pequenos copos de plásticos, retirados das copas das repartições públicas. Paulo Haas, que decidia, em silêncio, se preferia o barulho estridente das cigarras ou o ruído repetido da música, respondeu que vivia de trabalhar no Banco Central, no subsolo, lá onde eram contadas as cédulas retiradas de circulação. Mas já não trabalhava no subsolo. Com as mudanças do clima, todos haviam sido transferidos temporariamente para o segundo andar, e as janelas, apesar das medidas de segurança, tinham sido abertas. Mesmo assim, qualquer uma das pessoas que trabalhavam com Paulo Haas podia deixar o dinheiro em cima da mesa, sem peso ou clipe que as segurasse. Pela ausência de vento, as cédulas jamais voavam e nunca se embaralhavam. Depois dessa conversa, Antônio Vivacqua disse que ia buscar mais um copo d'água e que voltaria em seguida. Duas horas mais tarde, Paulo Haas saiu da festa sozinho sem saber onde ele poderia estar.

Sete

Quando, muito meses depois, Paulo Haas foi, em companhia de Antônio Vivacqua, ver a chácara que os dois poderiam ocupar, por estar abandonada, ele se lembrou de quando havia chegado à cidade. Era a mesma camada espessa de poeira vermelha que voava a golpes de passos humanos. Depois de arrancada do chão, essa poeira espalhava-se pelo céu sem curvas, quase plano, e coloria o sol quando era de se pôr. O horizonte, mais afastado e mais inatingível do que os horizontes oceânicos, mostrava, por causa do pó, um risco vermelho que se misturava, com muita dificuldade, ao azul brilhante do céu. Havia uma certa afinidade com os milagres nessas horas de ocaso. Antônio Vivacqua piscou o olho em direção a Paulo Haas e perguntou o que ele achava da idéia. "Uma casa, um poço fundo." Paulo Haas olhou para as árvores anãs, queimadas.

Oito

Antônio Vivacqua afastou-se de Paulo Haas, na festa do Palace Hotel, com a intenção de voltar. Mas no caminho congestionado de pessoas até o balcão onde a água e as outras bebidas estavam sendo servidas, um homem, cujo nome nunca foi dito nem perguntado, encarou a maneira de se mover dos quadris de Antônio Vivacqua. Seus olhos percorreram o trajeto possível na geografia curva e sempre montanhosa de um corpo e foi aí que se aproximou por trás, tocou-lhe o ombro, e puxou assunto: "Você, hein?" Os dois abriram sorriso e apoiaram os cotovelos no balcão atropelado por gente sedenta e mantiveram o sorriso dado por quem quer que a conversa não se acabe mesmo sem ter com que preenchê-la. E como não tinham palavras para trocar, saíram do salão de festa e caminharam para a avenida que, saindo do Palace Hotel, leva até o Palácio da Alvorada. Debaixo do poste com a lâmpada quebrada, Antônio Vivacqua abriu ligeiramente a boca. O outro exclamou com um sussurro: "Ah, lábios secos. Ah, língua árida." Poucas pessoas têm consciência, já que em horas assim, quando as roupas se amassam empurradas para longe do corpo pelo arfar das vias respiratórias, a consciência é coisa que pouco importa, do fato de que a cova das mãos tem, por natureza, a mesma forma das nádegas e nelas se encaixa com perfeição. Os dois corpos passaram a rolar no chão empoeirado das proximidades do Palácio da Alvorada às escuras. E como a guarda policial já não tinha a obrigação de ficar na guarita à porta do palácio, Antônio Vivacqua pôde urrar ao entrar e vasculhar o outro, que ninguém o ouviu. Nem quando gritou na hora do jorro foi ouvido. Se fosse ouvido, alguém poderia ter acreditado estar escutando a gargalhada de um crápula ou um facínora em momento de puro prazer. E foi por isso que Paulo Haas voltou sozinho para casa, depois de algumas poucas horas de espera.

Nove

Paulo Haas empurrou a cadeira de rodas até o estacionamento em frente ao prédio onde vivia, levou a sua prima nos braços até o assento do carro e foi o único a se dirigir para a parte central da cidade. Os outros carros, de pequeno ou de grande porte, iam em sentido contrário, para fora da cidade. Já havia alguns dias que os noticiários da televisão, do rádio e os jornais falavam do êxodo. Eram pessoas que, atingidas pela seca, pela alergia à poeira, ou por temor ao controle absoluto exercido pelas autoridades sobre o consumo de água, começavam a ir embora para sempre. Por se tratar já de uma calamidade pública, sabida em todo o país, os funcionários públicos conseguiam transferências para outras cidades, situadas a mais de mil quilômetros de distância da seca. Os que ficavam consideravam a partida um falso alarme. Mas, ali, Paulo Haas pensava apenas em Maria do Socorro Brasil, sentada ao seu lado, com os olhos dirigidos para o próprio colo. Paulo Haas finalmente estacionou o carro em frente ao Lar do Repouso e internou a prima.

Dez

Paulo Haas sentou-se no sofá com a intenção de ver televisão. Mas as imagens do filme com chuva fizeram com que ele fechasse os olhos e sonhasse. O seu próprio corpo estava nu, as suas próprias pernas estavam abertas e ele apresentava, para as paredes do apartamento onde já não vivia mais a prima, as exigências e as torturas de corpos de 26 anos. Entre as suas virilhas, tudo apontava para o futuro. Era desejo incontido de futuro o que movia a sua mão para frente e para trás. O barulho da chuva vindo da tela da televisão levava-o até Antônio Vivacqua umedecido pelas gotas. Paulo Haas, sozinho na sala, encarava o sorriso de Antônio Vivacqua que exibia dentes de madrepérola. Cedia à ilusão e fungava o cheiro do corpo de Antônio Vivacqua, que era de tabaco, gotas de vinagre e talco para as axilas. Paulo Haas amassava os pés ritmicamente contra os tacos do chão da sala. O líquido, ao contrário da água, era abundante e escorria pelas coxas em direção ao sofá. E foi aí que o telefone tocou e Antônio Vivacqua reapareceu depois de haver desaparecido na festa do hotel abandonado. Paulo Haas também tinha a intenção de se lavar, mas olhou em direção ao balde deixado no antigo quarto de Maria do Socorro Brasil, onde duas garrafas de água mineral francesa haviam sido esvaziadas. Decidiu que se lavaria somente no dia seguinte e que, naquele momento, ouviria Antônio Vivacqua, que falava desde o outro extremo da linha. As garrafas francesas eram as únicas águas que podiam ser compradas, naqueles dias, sem que Paulo Haas entrasse em filas longas, tensas.

Onze

No Banco Central, Paulo Haas foi convocado para a sala do diretor. Acabou de contar um maço de cédulas sujas, limpou as mãos com uma folha de papel umedecida com saliva e subiu as escadas até o andar acima do seu. Ao entrar, cumprimentou o diretor com a cabeça e esperou, em pé. E explicou que, se havia demorado para chegar à sala, é que estivera ocupado com o dinheiro que saía de circulação imundo, coberto de camadas de poeira. Apesar de ouvi-lo com atenção, o diretor não conseguiu entender o que estava sendo dito. Paulo Haas explicou: "As cigarras." "O quê?", perguntou o diretor. Paulo Haas tentou explicar novamente mas desistiu e permaneceu em pé, calado, diante da mesa larga. O diretor levantou-se, levou Paulo Haas para o banheiro e trancaram-se os dois no reservado. Lá, o barulho das cigarras era menos intenso. O diretor convidou Paulo Haas a aceitar transferência para outra cidade, em vista do clima. "Para São Paulo." Paulo Haas perguntou: "São Paulo?" O diretor respondeu, balançando a cabeça com a satisfação de quem oferece presente precioso, jóia sem preço: "São Paulo. Por um bom funcionário, tudo." Paulo Haas afastou o olhar, ouviu o som das cigarras que rangiam as asas nas árvores nas proximidades do prédio, lembrou-se de Antônio Vivacqua, da sua energia bem-humorada ao controlar o trânsito na saída da cidade, por onde filas de automóveis, caminhões e ônibus partiam para longe da seca, e perguntou se tinha tempo para pensar. "Claro", respondeu o diretor. Os dois saíram do banheiro, o diretor voltou para a sua mesa e Paulo Haas desceu as escadas.

Doze

O terceiro encontro de Paulo Haas e Antônio Vivacqua não aconteceu nem por acaso no meio da rua nem no meio da multidão de uma festa. Encontraram-se com hora marcada por telefone no fim da tarde no bar do parque da cidade. Do outro lado da cerca coberta por restos secos da planta trepadeira, estava o cemitério. Paulo Haas chegou antes, aguardou em silêncio e, mais tarde, chegou Antônio Vivacqua. Os dois se olharam mas foi Paulo Haas o primeiro a desviar o olhar em direção à cerca do cemitério. "Saudades", disse Antônio Vivacqua que, depois de falar, entregou a Paulo Haas um pedaço de papel dobrado duas vezes. Do interior do papel, uma vez desdobrado, saíam palavras escritas que pediam desculpa pelo sumiço inexplicável na noite da festa. "Compromissos de trabalho", dizia o bilhete. Outra palavras também surgiam, como promessas: "O seu corpo", "A noite toda", "Inesquecível". Quando novamente voltou o olhar para Antônio Vivacqua, Paulo Haas viu finalmente o homem que havia escrito o bilhete a lápis. O intenso sorriso inspirava mentiras. O sol da cidade havia queimado a sua pele. Antônio Vivacqua ajeitou a gola da camisa e deixou que o joelho tocasse o joelho de Paulo Haas, que sentiu traços de alegria no estômago, no coração e, também, no joelho. "Um detalhe..." ia começar a dizer Paulo Haas quando um carro parou na pista em frente ao bar e a buzina chamou a atenção de Antônio Vivacqua. Ele caminhou até o carro. Paulo Haas o observou enquanto se afastava. De volta ao bar, perguntou, ainda de pé, se Paulo Haas havia gostado do bilhete, sorriu com a confiança perpétua dos que sabem que o sorriso é completo, irreversível e delicado, e só então explicou que precisava ir resolver questões pendentes e que telefonaria. Paulo Haas ficou sozinho no bar. Pediu um coco verde. Não tinha, havia acabado.

Treze

Nas ruas e nas construções da cidade, no terceiro ano sem chuva e sem promessas de mudanças meteorológicas, as luzes se apagavam cedo. O governo federal estabeleceu limite de consumo de água para cada casa ou apartamento, retirou o fornecimento de água filtrada para as repartições públicas, fechou três ministérios e transferiu alguns outros órgãos para cidades litorâneas. Contando com as partidas espontâneas das famílias com pessoas doentes, a população da cidade havia diminuído, em 36 meses, em 273.445 almas. Os gatos, que sempre tinham sido poucos, desapareceram para sempre das janelas dos apartamentos. O Ministério das Relações Exteriores enviou a sua pinacoteca para o Rio de Janeiro, a fim de evitar danificações e ressecamento das tintas das obras de arte. O acervo do Museu de Arte foi abandonado no lugar, e os ministros, senadores e deputados passaram a ficar apenas dois dias por semana na cidade, para assinar documentos e participar de votações essenciais. Nas casas dos que ainda não haviam partido, os pratos, as xícaras, os copos e os talheres eram empilhados nas pias, por sete dias, até serem lavados em baldes com água parda. Não havia flores na cidade. Nem outonos. No primeiro ano, os pedaços de papel jogados nas ruas resistiam. Depois, passaram a entrar em combustão espontânea e o governo local estabeleceu multas para quem se desfizesse de objetos inflamáveis sem as devidas precauções. Apenas as cigarras continuavam.

Quatorze

Paulo Haas disse "não" quando Antônio Vivacqua pôs o braço no seu ombro e deixou a mão lhe tocar o peito. Mas alguns nãos ditos em meia-voz, com as cordas vocais ressecadas por sentimento forte ou por condições climáticas, resistem a poucas tentações. Somente as garças sobrevoavam os barcos deixado no lago Paranoá sem ondas, em cuja margem os dois se encontravam no momento, em frente a um jet-ski enferrujado encalhado na lama do leito. As pernas da ponte nova estavam às vistas da cidade, com uma marca de lama nítida que mostrava onde a água costumava chegar em épocas de chuva. Paulo Haas admirou a paisagem abandonada e, finalmente, encarou Antônio Vivacqua como quem encara chifres de touro na arena. E nunca há muito a ser feito, nestas horas, além de apoiar as costas em lençóis alvos, em sofá da sala ou no chão empoeirado. Em momentos assim, quando o homem afasta as coxas, ele se apresenta ao mundo dos olhos do outro homem. Em momentos assim, todas as bocas do homem tornam-se uma só. Os homens sabem reconhecer e admitir este fato. O corpo moreno e ácido de Antônio Vivacqua deitou-se sobre as coxas brancas e firmes de Paulo Haas. Antônio Vivacqua começou o seu caminho aos tatos, como quem tenta compreender a escuridão de dentro do outro corpo, para não se perder no trajeto de ida e vinda. Com os corpos assim encaixados, em perfeita harmonia, os dois foram em direção ao prazer, esta circunferência pulsante que toca todos os lugares com a extremidade do seu aro e cujo centro está em lugar nenhum. Nela, existem palavras que são delicadas e que exigem pudores. Cu, por exemplo. Porque não foi somente o cu, parte essencial à anatomia e ao espírito humano, que Antônio Vivacqua tocou quando entrou. Tocou outra parte também essencial ao corpo e ao espírito de todos os homens. A alma – esta que podemos entregar a Deus, ao diabo, ou aos amantes, que são a súmula de Deus e do diabo.

Quinze

Quando a seca já havia tomado controle absoluto da cidade, de todas as ruas, avenidas, casas e prédios, e todas as pias, baldes e olhos d'água já haviam sido deixados para trás, um velho sentou-se à porta do Lar do Repouso, onde vivia, fazia um ano, Maria do Socorro Brasil. Do carro, Paulo Haas e Antônio Vivacqua acompanhavam os movimentos do velho, que descascava laranjas retiradas periodicamente de uma bacia deixada no chão da porta do Lar do Repouso. Ele amassava as laranjas contra os lábios e sorvia o líquido que saía, pouco e muito ácido, dos gomos apertados. Mas as cascas das laranjas, cortadas com cuidado, eram usadas para enfeitar as coxas, o umbigo e as virilhas do velho. Antônio Vivacqua riu alto e bateu a mão contra a buzina do carro quando o velho, um dos poucos que não haviam sido levados embora da cidade, abriu as pernas e, com o dedo, enfiou em si mesmo, por entre as nádegas abertas, uma casca de laranja. Levantou-se e exibiu a cauda nova que agora podia mostrar, agora que era cão, gato, cabra, jumento ou qualquer outra cria deixada para trás quando a multidão da cidade resolveu seguir viagem para bem longe. Quase todos os outros internos do Lar do Repouso já tinham ido embora, naqueles dias de calor e sol. Alguns haviam sido levados de volta às famílias, outros tinham sido enviados para hospitais ou asilos situados em cidades distantes, com água suficiente para o asseio e para beber. De longe, debaixo dos galhos secos e tortos de uma árvore morta, Paulo Haas e Antônio Vivacqua observavam o movimento.

Dezesseis

Paulo Haas entrou no grande saguão do Banco Central, que estava vazio às três horas da tarde. Pulou sobre a catraca de controle da entrada, subiu as escadas de dois em dois degraus, pôs-se em pé diante do diretor, única pessoa que ainda ocupava a sala, e avisou que já tinha uma resposta para o convite de se mudar para São Paulo. Antes de querer saber a resposta, o diretor, com ar de quem está entrando em pânico, perguntou o que estava acontecendo com Paulo Haas e se ele precisava de ajuda: suas calças estavam rasgadas à altura do joelho, a camiseta, larga demais, estava manchada de suor nas axilas e no centro do peito, abaixo do queixo. Em lugar de sapatos, Paulo Haas usava sandálias. Paulo Haas levou o diretor até o reservado do banheiro da sala da diretoria, trancou a porta e disse: "Não." Sem agradecer pelo convite, sem se despedir, com os olhos firmes nos olhos do diretor, que parecia suspirar de alívio, abriu a porta e saiu às pressas.

Dezessete

A televisão estava, a maior parte do tempo, ligada na casa de Paulo Haas, desde que a sua prima havia sido internada e todos os cômodos haviam ficado vazios. Era na sala, em frente à televisão, que repetia eternamente o mesmo filme, *Cantando na chuva*, apanhado da prateleira de uma locadora, que Antônio Vivacqua e Paulo Haas passavam o tempo, quando não tinham mais nada o que fazer. E foi ali que Paulo Haas abriu a camisa de Antônio Vivacqua e arrancou-lhe as calças até a altura dos tornozelos. Paulo Haas sempre sorria em momentos como este, sentindo os pingos que escapavam da chuva do filme e chegavam até o seu corpo seco. Sorria porque Antônio Vivacqua era o único poço, a única fonte segura de água doce que conhecia em um raio de trezentos quilômetros. Paulo Haas aprendia a ser um homem do deserto e preservava o seu poço dos ataques inimigos como quem cuida da própria vida. E como um homem do deserto que quer aumentar a sua sede com pedras de sal antes de se saciar, Paulo Haas passava a língua em todo o corpo de Antônio Vivacqua que, de joelhos e com o peso do peito apoiado sobre os braços e as mãos colocadas no chão, exibia o sol raiado e miúdo que guardava entre as nádegas.

Paulo Haas era o único homem, dos que ele mesmo conhecia, que tocava esse sol com a ponta dos dedos. Os suspiros de Antônio Vivacqua abafavam o som da chuva na televisão. Os seus dentes, muito brancos, mordiam a borda do sofá encardido. A solidão da cidade gemia. Mas dois homens assim, como estavam Paulo Haas e Antônio Vivacqua, nunca estão sozinhos. Quando Paulo Haas entrava e empurrava o corpo de Antônio Vivacqua contra o sofá, contra o chão e contra o seu uniforme de policial jogado no assoalho da sala, ele podia ouvir os sons da cidade. Nenhum silêncio é maior do que a algazarra do gozo. Nem há segredo que cubra a felicidade.

Dezoito

Quando o governo federal tomou a decisão de se mudar, o primeiro endereço foi o Palácio da Liberdade, em Belo Horizonte, a cerca de mil quilômetros de distância. Os primeiros a abandonar o gabinete foram o presidente, a sua família, o porta-voz e três assessores diretos. Nesses dias, a cidade mostrava sinais de abandono até mesmo nas suas partes mais cuidadas. As fontes tinham sido desligadas, os cadáveres dos patos, marrecos e gansos estavam jogados na grama seca e uma estátua da praça em frente ao palácio já havia sido destruída num dos saques que começaram a acontecer quando todos se deram conta de que não restaria ninguém no local. Foi nessa época que os gaviões e as garças começaram a invadir a cidade, atraídos pelas cigarras. E foi também nesses dias que os saqueadores começaram a tomar conta das ruas, atraídos pelos supermercados, pelas lojas e pelas carroças de cachorros-quentes. Dois meses depois de instalado no Palácio da Liberdade, o governo federal assinou decreto restituindo ao Rio de Janeiro o posto de capital do país e o Palácio do Catete foi retomado e devolvido às suas antigas funções. Quando isso aconteceu, já não havia governo local na cidade abandonada.

Dezenove

Não havia catástrofe, das já existentes ou das que um dia talvez acontecessem, capaz de abalar os sentimentos que uniam Paulo Haas a Antônio Vivacqua. A terra seca, os galhos partidos, a grama queimada, os vidros das janelas partidos eram a paisagem que circundava os dois corpos. Por isso, quando o sol se levantava e iluminava a cidade às escuras, Antônio Vivacqua se arrastava de joelhos sobre a cama até a janela do quarto, olhava para as ruas vazias e falava da beleza do que via. Algumas vezes, acenava para o menino Lucas que passava com a sua bicicleta, com a incumbência de levar recados e mensagens para os poucos habitante da nova cidade incendiada. Fixos no dia, os olhos de Antônio Vivacqua, então, movidos pela presença de Paulo Haas, deitado ao seu lado, alcançavam o que a cidade escondia no fundo da sua terra ardida. Por isso, Antônio Vivacqua voltava para o seu lugar na cama, retirava o lençol que cobria o corpo de Paulo Haas, assobiava como quem se depara com o paraíso, mordia-lhe as coxas como quem quer arrancar sumo doce e farto de fruta temporã, sugava-lhe os peitos como cria desesperada, armava um círculo de fogo na cama em volta dos seus próprios corpos, e sonhava enquanto galopava: "Você, o poço, a água."

Vinte

Os óculos escuros exibidos na vitrine engordurada da loja fechada atraíram a atenção de Paulo Haas que, com um pontapé, quebrou o vidro. As pessoas que passavam na rua pararam para olhar o homem, vestido de calções e camiseta, que escolhia óculos dentro da vitrine. Antônio Vivacqua foi quem deu a idéia do saque, gritando para que todos entrassem. Poucos minutos depois, a loja estava tomada de pessoas que haviam saído da penumbra dos seus apartamentos de janelas permanentemente fechadas em direção o sol grandioso da tarde da cidade, para ver a comitiva presidencial que se dirigia ao aeroporto onde o avião a aguardava para a viagem até o Palácio da Liberdade, em Belo Horizonte. Uma mulher grávida gritou quando foi empurrada contra um manequim coberto por uma camiseta e uma camisa. Um homem sangrou quando o vidro partido cortou o seu tornozelo. Paulo Haas empurrou dois meninos para apanhar as calças e a camisa que havia escolhido. Antes de sair, escolheu cuecas e meias. Quando finalmente saíram da loja, Paulo Haas e Antônio Vivacqua conseguiram controlar os poucos policiais que garantiam a segurança do supermercado ao lado, e entraram. A mulher grávida, que, quando soube que teria um filho, ainda era funcionária do Ministério da Justiça, correu em direção às prateleiras de alimentação. Tudo o que podia ser ingerido sem água desapareceu imediatamente. Paulo Haas e Antônio Vivacqua conseguiram sair do supermercado com duas garrafas de vinho branco, um pacote de arroz, um vidro de açafrão, um saco de cebolas, um queijo e uma caixa pequena de damascos. A mulher grávida, quando saía do supermercado, foi atacada por três homens armados.

Vinte e um

"Uma chácara no lago Sul, que tal?", foi o que perguntou Antônio Vivacqua a Paulo Haas. Aquela noite, em que os dois iam do extremo norte ao extremo sul da cidade em alta velocidade no carro encontrado no estacionamento pago do Hotel Nacional, foi a primeira vez que Antônio Vivacqua falou da chácara e da vontade de ir viver lá, na companhia de Paulo Haas. As luzes dos postes que ladeavam a avenida de quatorze quilômetros estavam apagadas e a escuridão brilhava, e quase incendiava-se, com as estrelas do céu sem nuvens. Paulo Haas, quando ouviu o convite, pensou no outro convite, o feito pelo diretor do Banco Central. "É minha, a chácara", explicou Antônio Vivacqua. Paulo Haas pensou em São Paulo e nas cédulas usadas empilhadas sobre a mesa. E pensou também, porque o pensamento percorre caminhos contrários e opostos ao mesmo tempo, na terra seca onde Antônio Vivacqua punha os pés. Olhou, então, para os pés de Antônio Vivacqua ali ao seu lado, controlando os pedais do carro retirado do estacionamento do hotel. Olhou também para as coxas que se movimentavam no ritmo do movimento dos pés. Olhou para a barriga descoberta de Antônio Vivacqua e para o seu peito que, como todo o corpo, estava nu. As calças, as camisas e as meias dos dois passageiros do carro estavam amarradas na carroceria da caminhonete e tentavam voar, da mesma maneira com que tentam se erguer para o céu as bandeiras e as chamas das velas em dia de vento. Paulo Haas pôs a mão esquerda nos pêlos de Antônio Vivacqua e o seu pensamento, que, como todos os outros pensamentos de todos os outros seres pensantes, não obedece a regras razoáveis nem acredita na conseqüência dos fatos, percorreu todo o caminho até a chácara e encalhou-se no fundo do poço. Mas a sua mão fechada entre as virilhas de Antônio Vivacqua o manteria na superfície. Havia a certeza de que um salvaria o outro, em quaisquer circunstâncias.

Vinte e dois

A cidade era, finalmente, uma cidade em paz. Não havia mais o perigo de assaltos, violência, estupro ou morte brutal. As poucas pessoas, ressecadas e cansadas, que ainda caminhavam pelas ruas temiam, agora, o sangramento do nariz e das gengivas, a pneumonia e a meningite. Temiam também os pássaros, que se alimentavam das cigarras e que haviam marcado todos os prédios, todas as casas e todos os poucos monumentos com os seus excrementos lançados a esmo durante o vôo. Diariamente, quando o sol começava a desaparecer na linha afastada do horizonte, os habitantes da cidade, que eram cinco mil, costumavam ir até as margens do antigo lago Paranoá ver o retrocesso da água. Um homem, quando caminhava pelo leito ressecado do lago, reconheceu uma depressão e lembrou-se que era ali, naquele antigo vale, que havia morado antes da construção da barragem e a inundação do local. Algumas famílias, que não tinham nem destino que as aguardasse, nem motivo para partir da cidade tomada pela seca, ainda passavam suavemente canecas e copos na superfície da água parada, para encher o balde. Quando se viram sozinhas, as cinco mil pessoas decidiram morar juntas, nos antigos prédios dos ministérios. Para evitar as escadas, ocupavam os primeiros andares. Mas, com o passar do tempo, e depois dos grandes incêndios, foram ocupar as casas das avenidas norte e sul da cidade.

Vinte e três

Antônio Vivacqua escrevia cartas para Paulo Haas. Anotava idéias em folhas de papel, colocava os papéis dentro de envelopes, e, para evitar o consumo de água ou mesmo de saliva, grampeava os selos. Os envelopes com os selos grampeados eram colocados na caixa do correio, na entrada do prédio de que eles ocupavam a cobertura. No leito da piscina, haviam colocado dois sofás e um tapete persa com a cor vermelha corroída pela força do sol. Era ali que passavam as noites, sentados, com o olhar fixo nas estrelas do céu, que, desde o sumiço das chuvas e a partida permanente das nuvens, nunca mais haviam abandonado a cidade. Quando um pássaro voava em alta velocidade para dentro da piscina seca, em busca de uma cigarra perdida, Antônio Vivacqua segurava a mão de Paulo Haas, com força. Antônio Vivacqua era assim: o seu sorriso magistral, os seus dentes brilhantes, a sua voz rouca e áspera, o seu andar imperturbável de quem abandona a cela depois de anos de reclusão, escondiam medos simples e violentos. Alguns anos antes, ele tinha tido medo da chuva e da solidão do corpo. Agora, tinha medo dos pássaros e do céu. E quando Paulo Haas retirava as cartas da caixa do correio, abria os envelopes com cuidado e lia o que lhe havia sido escrito. Devorava frases como "Impossível sem ti", "Grande amor", "Poço sem fundo", "Felicidade", "Bunda" e "Jorro de água em teu nome". Sentava-se, então, ao lado de Antônio Vivacqua e escrevia as respostas que o próprio Antônio Vivacqua punha em envelopes, com selos grampeados, e deixava na caixa do correio quando saíam.

Vinte e quatro

Foi Antônio Vivacqua o primeiro a sair do carro estacionado debaixo da árvore morta em frente ao Lar do Repouso. Paulo Haas o acompanhou em seguida. Passaram pelo homem nu com a cauda de casca de laranja a sair do meio das nádegas e que, naquele momento, provavelmente enrijecido pelo esforço de não permitir que caísse a casca, exibia uma ereção prolongada. No fim do corredor vazio e sujo encontraram Maria do Socorro Brasil sentada na sua cadeira de rodas. Antônio Vivacqua, que, ali, conhecia a única outra pessoa viva da família que havia criado quando se unira a Paulo Haas, protegeu a cabeça da prima com um chapéu de pano e cobriu-lhe os olhos com os óculos que tirou do próprio rosto. Foram, os três, de volta para o carro. Na porta, o velho ainda chupava laranjas azedas. A sua pele amorenada estava parecida com a terra da cidade. Nada nela denunciava sinal de vida.

Vinte e cinco

Na noite do dia do primeiro saque, depois que Antônio Vivacqua e Paulo Haas chegaram em casa e se banharam com a água encardida guardada dentro do balde, Paulo Haas apanhou as calças azuis, a camiseta branca e a camisa azul, os óculos, duas cuecas e três pares de meia e aproximou-se de Antônio Vivacqua. "Feliz aniversário", disse. "Pelos seus 32 anos", disse também. Depois dos presentes, Paulo Haas dourou um cebola cortada em fatias finas na panela e acrescentou o arroz, que foi cozinhado em fogo lento no vinho branco. Com cuidado e apuro, misturou duas colheres cheias de açafrão e serviu. Ao lado dos pratos, foram colocadas fatias de queijos, damascos secos e copos do vinho branco que restara da receita. No fundo da piscina vazia, as velas acesas mantinham as suas pequenas chamas imóveis. Quando terminaram o jantar, Antônio Vivacqua levantou-se do chão onde estavam sentados os dois e, lentamente, com o mesmo cuidado e esmero usados por Paulo Haas no preparo da arroz, tirou todas as peças de roupa que tinha ganhado de presente por seu aniversário.

Vinte e seis

Os homens costumam guardar segredos. Nenhuma razão de perigo ou de catástrofe cria estes fatos nunca contados, mas apenas um recato natural com a sua própria vida faz com que os homens se calem a respeito de tudo ou dos momentos que escolhem como preciosos. Pessoas mais exigentes, mais desesperadas por detalhes e currículos vitais, podem ver essa atitude como mentira pura, como esconderijo de fatos reais. Mas Paulo Haas nunca contou a Antônio Vivacqua sobre outro homem, com quem ele havia vivido dois anos, antes da seca da cidade. O homem já havia ido embora, sem que, para isso, tivesse sido ameaçado pela falta de chuva. Paulo Haas havia ficado para trás, com uma despedida permanente e inesgotável na ponta da língua. Sem ter esquecido o que tinha vivido e aprendido de cor e salteado nos dois anos de convivência diária, Paulo Haas também sabia que era amena a seca vivida ao lado de Antônio Vivacqua. E foi por esse mesmo pudor masculino e inquestionável que Antônio Vivacqua achou por bem omitir, das histórias que contava nas noites passadas no fundo da piscina, fatos marcantes e talvez imperdoáveis da sua vida. O primeiro deles acontecera na tarde em que tinha estado no bar do parque da cidade na companhia de Paulo Haas e fora interrompido pela buzina do carro que estacionara na pista perto da cerca do cemitério. O carro em que entrara então tinha-o levado até o homem que, acusado de ter mandado matar a própria esposa, precisava de escolta policial para fugir. O deputado em fuga prometera dar o que quisessem, se conseguisse sair da cidade antes da prisão. E já que a oferta havia sido feita, Antônio Vivacqua pedira que passassem os dois no cartório, que tinha apenas um tabelião que cuidava do envio dos últimos papéis, para transferir para o seu nome a chácara do deputado situada no lago Sul. Com o documento na mão, Antônio Vivacqua havia esperado a chegada da noite e acompanhado o fugitivo para longe. Nunca mais tinham se visto, mas o deputado saíra da cidade com a certeza de que havia feito um bom negócio e que a chácara doada em troca de proteção era terra para sempre morta. Antônio Vivacqua também nunca chegou a contar a Paulo Haas sobre o seu encontro com o diretor do Banco Central. Incerto sobre a chácara e incerto sobre a partida para São Paulo, Paulo Haas não sabia o que dizer a cada vez que ouvia o convite de Antônio Vivacqua, que tinha entrado, então, sem pedir licença, na sala do diretor. O seu uniforme criara um certo embaraço na sala, o diretor levantara-se para perguntar o motivo da visita mas recebera, como aviso prévio e atarefado, um empurrão que o devolvera à cadeira onde estivera sentado antes da entrada de Antônio Vivacqua. E, ali, foi avisado, com voz de comando e ira, que não tentasse mais tirar Paulo Haas da cidade e que abandonasse a idéia de São Paulo. O diretor havia tentado retirar Antônio Vivacqua da sala, chegara mesmo a pegá-lo pelo braço e empurrá-lo para fora, mas a ira tem o mesmo efeito que as bebidas fermentadas, como o vinho de boa safra. Traz cores vivas ao rosto e relaxa o raciocínio.

Antônio Vivacqua, bêbado com a sua ira, e fortalecido pela admiração declarada nos olhos e na boca do diretor, tinha conseguido levá-lo de volta à cadeira, e, para isso, precisou prendê-lo entre os braços de músculos exaltados. Com os corpos presos um ao outro, a voz em alto volume, houvera um certo congestionamento de intenções. Antônio Vivacqua, por isso, abrira a braguilha da calça do uniforme. O diretor quisera mostrar indignação diante do exibicionismo do policial, mas calara-se quando Antônio Vivacqua, depois de exclamar "todo seu", com sussurros ríspidos, puxara a cabeça do diretor em direção à sua própria virilha. O que tinha acontecido em seguida foi o que inevitavelmente acontece com os homens que somente cedem a si mesmos e às suas verdades diante de ameaças carnais. Enquanto sentia o calor da boca do diretor e a umidade inesperada da sua língua, Antônio Vivacqua voltara o pensamento para Paulo Haas. Os homens nem sempre põem o coração no que fazem, ao contrário das mulheres que sabem, com dom e maestria, colocar a alma ora nos olhos, ora nos lábios, ora nos seios, ora no útero, ora no esmalte que cobre as unhas dos pés. Com a braguilha ainda aberta e manchada, mancha que duraria poucos minutos porque o ar seco da cidade a devoraria em seguida, Antônio Vivacqua saiu da sala. O diretor, que permanecera sentado, limpou os lábios com um documento que encontrara sobre a mesa, dobrara o papel e o guardara no bolso do paletó pendurado no encosto da cadeira.

Vinte e sete

O primeiro grande incêndio, impossível de ser contido, destruiu a catedral da cidade e os cinco primeiros prédios ministeriais situados na mesma calçada ao longo da avenida em direção ao Congresso Nacional. Os imensos vitrais da catedral explodiram com o calor das chamas e provocaram um espetáculo de fogos de artifício na parte central da cidade. Paulo Haas, Antônio Vivacqua, o menino Lucas e Maria do Socorro Brasil assistiram ao incêndio, sentados dentro do carro, e viram quando sobraram apenas anjos pendurados em cabos de aço retorcidos. A imprensa em todo o mundo lamentou a destruição das obras de arte da arquitetura do século XX e muitos levantaram a hipótese de sabotagem, com a finalidade de provocar pânico e impedir, definitivamente, o retorno da comitiva presidencial, já instalada no Palácio do Catete. Duas semanas depois, o fogo destruiu o Teatro Nacional e a Rodoviária. A cidade desaparecia, a olhos vistos. Quando o Palácio da Alvorada e o Congresso também ruíram, a cidade foi declarada inexistente e inabitável.

Vinte e oito

Os primeiros sons provocados pela abertura do poço nos fundos da casa na chácara do lago Sul onde passaram a viver depois de abandonarem a cobertura do prédio atraíram a atenção de Maria do Socorro Brasil que, depois de um ano de absoluta indiferença no Lar do Repouso, onde nunca havia dito sequer uma palavra, levantou os olhos para ver o que acontecia. Lentamente, empurrou as rodas da sua cadeira em direção ao ponto em que o seu primo Paulo Haas e o seu amigo Antônio Vivacqua iniciavam as escavações. A partir desse dia, recusou-se a entrar novamente na casa, e dormia no mesmo local onde havia estacionado a sua cadeira de rodas. Queria, de certa forma e à sua maneira, vigiar o poço. Quando o buraco tinha cinco metros, Maria do Socorro Brasil aproximou-se mais do que deveria, para ver os homens que cavavam, e caiu. O seu corpo escorregou pelas beiras do poço e, quando chegou ao fundo, Maria do Socorro Brasil tinha a perna esquerda quebrada. Foi engessada com pedaços de galhos atados com tiras de lençóis. Mas não saiu do seu posto de vigia. Quando queriam descansar do trabalho prolongado e exaustivo, Antônio Vivacqua e Paulo Haas caminhavam, ombro a ombro, em direção à margem do lago seco e observavam a linha fumegante da cidade queimada, na outra margem. E como a cidade não era a única paisagem que podiam apreciar, paravam às vezes frente a frente e observavam a umidade lenta e fina que percorria os seus próprios olhos. Essa visão dos olhos do outro, esse olhar que completa e finaliza a imaginação da felicidade, era o que renovava as forças de que os dois necessitavam para retomar o trabalho sem fim do poço.

Vinte e nove

O menino Lucas era o mais eficiente meio de comunicação das cinco mil pessoas que haviam ficado na cidade seca. De bicicleta, ia a todas as casa e, com a memória limpa, guardava todos os nomes das pessoas que habitavam os apartamentos abandonados. Foi, assim, o menino Lucas que gritou o nome de Paulo Haas e, ao vê-lo na janela do segundo andar, avisou que Antônio Vivacqua estava ferido. Paulo Haas vestiu camiseta e bermuda e acompanhou o menino Lucas até a calçada onde estava caído Antônio Vivacqua. No seu rosto, o sangue formava uma pequena poça vermelha. "O gavião", disse Antônio

Vivacqua, para contar que, quando caminhava de volta para casa, um pássaro, em vôo rasante para devorar as cigarras que gritavam nas árvores, havia se chocado contra o seu rosto. Em pânico, os dois, gavião e homem, haviam tentado se livrar um do outro. O bico e as garras da ave tinham ferido Antônio Vivacqua que, com as mãos, estrangulara o gavião. Ao olhar para o rosto sangrado de Antônio Vivacqua e o corpo inerte da ave, Paulo Haas pensou que era hora de irem embora também e que bastava passar pelo Lar do Repouso, apanhar Maria do Socorro Brasil, e seguir viagem para longe. Mas foi ali também, diante do sorriso apaziguado de Antônio Vivacqua nos seus braços, encarado pelo menino Lucas que via, com detalhes inesquecíveis, as mãos dos dois homens que acariciavam peitos, costas e cabelos, que Paulo Haas se lembrou da procissão infeliz e barulhenta das pessoas que partiam e que deixavam uma paisagem de cidade infeliz, abandonada por seus amantes.

Trinta

Antônio Vivacqua, Maria do Socorro Brasil, o menino Lucas e Paulo Haas começaram a passar sede. Os tonéis de água buscados, a cada quinze dias, em Paracatu, passaram a ser considerados venda proibida porque aquela cidade também começava a sentir a seca, que parecia caminhar lentamente em todas as direções da região. O menino Lucas tinha procurado a companhia de Paulo Haas, Antônio Vivacqua e Maria do Socorro Brasil na chácara do lago Sul, quando encontrara a sua mãe morta no chão da sala do apartamento em que viviam. A sua irmã tinha morrido, meses antes, de pneumonia e o pai, jornalista, tentava, era o que se acreditava, sair da Colômbia, onde estava desaparecido. Depois do enterro, e depois que os torrões secos tinham sido jogados sobre o caixão, o menino Lucas pedalara até a chácara à margem do lago e pedira para ficar. De lá, gostava de encarar a paisagem. Os incêndios, ao longe, destruindo prédios e torres, produziam uma festa que a cidade nunca tinha presenciado antes, quando as chuvas eram regulares e anuais. Por causa da sede, o menino Lucas, todas as manhãs, quando o sol ainda não estava impiedoso e cruel, empurrava Maria do Socorro Brasil até o centro do lago, onde sobrava água enlameada. As panelas cheias eram colocadas no colo de Maria do Socorro Brasil e levadas de volta à chácara, onde Paulo Haas e Antônio Vivacqua trabalhavam na escavação. Agora, eram Maria do Socorro Brasil e o menino Lucas que, juntos, cuidavam do poço, dia e noite. Dormiam juntos, do lado de fora da casa. De madrugada, o menino Lucas acordava, entrava na casa e acendia mais um punhado de grama seca colocada dentro de um prato, para espantar os mosquitos que insistiam em invadir o quarto onde dormiam, abraçados, Paulo Haas e Antônio Vivacqua. O menino Lucas observava os dois homens perdidos no sono cansado e, só depois de ter certeza de que não havia mosquitos sobre os corpos deitados na cama, voltava para o seu posto, em silêncio, ao lado de Maria do Socorro Brasil.

Trinta e um

Nas tardes em que as pessoas partiam aos bandos, deixando para trás a cidade perdida entre árvores mortas e córregos secos, Paulo Haas punha-se de pé à beira das avenidas para observar a longa fila de automóveis, ônibus e caminhões. No dia em que, entre as seis da manhã e as onze da noite, quinhentas mil pessoas foram embora, ele sofreu como quem acompanha um enterro interminável. A televisão também acompanhou o cortejo, quando a seca ainda era assunto importante. Com o passar do tempo, e com a ausência absoluta da chuva, que não dava falsas promessas sobre o seu retorno, considerado impossível pelos meteorologistas e ambientalistas, a cidade foi esquecida. Ocasionalmente, um jornal publicava notas pequenas, nas páginas internas, sobre o incêndio que havia destruído mais um prédio público. Depois do dia da partida das multidões, Antônio Vivacqua deixou de ser convocado para controlar o trânsito na saída da cidade e, assim, passou a acompanhar Paulo Haas, que estava compreendendo, a cada dia de despedidas debaixo do sol, nas ruas calcinadas e cobertas por camadas sucessivas de poeira, que os fogos, fortes e destruidores, eram alimentados pela ausência de pessoas na cidade. Se houvessem ficado e protegido os prédios, as salas e os tapetes das salas, os incêndios teriam sido menos graves. Numa tarde em que Paulo Haas e Antônio Vivacqua acompanhavam o menino Lucas, uma mulher, sentada no assento do passageiro do carro onde também ia toda a família, exclamou em voz alta o suficiente para que as outras pessoas, que estavam em pé ao longo da avenida, a ouvissem com perfeição: "Graças a Deus", e olhou para os prédios e para o asfalto com um ar de alívio por estar livre para sempre do lugar. Ninguém, na verdade, mostrava desejos de ficar, e todos partiam com a mesma facilidade e a mesma expectativa aventureira de quando haviam chegado, muitos anos antes. Homens e mulheres, alguns velhos, chegados nos primeiros anos da construção, trazidos pelo trabalho e pela terra fácil, fizeram as malas e foram embora como se não deixassem nada para trás. Quando ouviu de um homem, que partia na boléia de um caminhão, o grito "Idiotas!", exclamação que foi lançada aos que ficavam, Antônio Vivacqua jogou uma pedra contra a lataria do carro. O menino Lucas gostou da idéia e repetiu o ataque. A cidade, que fizera brotar árvores forasteiras, que aprendera a conviver com as águas do lago mandado construir, e suportara o peso dos carros, das carroças e dos palácios, nunca tinha conseguido, nos seus poucos anos de vida, criar traços de união entre ela e os moradores. Dias depois, chamas violentas destruíram todos os postos de gasolina na saída sul. Os carros apenas mudaram de caminho, à procura de outras saídas e atalhos. Ninguém ficou para controlar o incêndio. Apenas as crianças e os velhos, dentro dos carros, choravam de medo. A cidade não era merecedora de ajudas e de consolos. Mas todas as cidades do mundo passam por adversidades e as que foram construídas no topo de montanha alta, ou às margens de rio caudaloso, sabem que podem contar com o socorro das pessoas que andam nas suas ruas, vivem nas suas casas e se protegem debaixo das suas marquises. Caso contrário, nunca serão cidades, serão apenas aglomerados de mercadores. Tem sido assim desde as primeiras aldeias que, para sustentarem o seu nascimento, sempre precisaram ser amadas por seus moradores, conhecedores de cada palmo do seu traçado. Deixados para trás, Paulo Haas, Maria do Socorro Brasil, Antônio Vivacqua e o menino Lucas, que, naqueles dias, ainda tinha a mãe, encaravam o fim da estrada.

Trinta e dois

Nunca Antônio Vivacqua usou tanto o seu sorriso de falsário, o brilho dos seus dentes de madrepérola, o cheiro forte de tabaco, gotas de vinagre e talco para as axilas, que naturalmente exalava do seu corpo, os seus gritos de crápula e a sua força bruta quanto na noite, no fundo da piscina da cobertura, em que Paulo Haas lhe disse, com certa ternura apaixonada e com certo dom do amor, que estava mais inclinado a aceitar o convite do diretor do Banco Central do que a ficar na cidade. Antônio Vivacqua, a um passo do pânico sincero que costuma invadir a alma em horas assim, quis saber o motivo. "Dúvidas", foi o que respondeu Paulo Haas, passando-lhe a mão pelos cabelos escuros. Naqueles dias, Paulo Haas reagia à seca como as outras muitas pessoas que faziam as malas e embarcavam. Olhava para a cidade com desgosto, buscava água em lugares onde nunca a encontraria, perdia-se no gosto da saliva rala produzida pelo próprio organismo. Anos antes, deixado para trás na despedida de outro homem, que tinha ido embora sem aviso prévio e sem comentários prolongados, ele havia ficado infértil para combater a aridez e a devassidão da cidade. Antônio Vivacqua era todo o contrário. O seu corpo, a confiança incerta do seu olhar, o tom da sua voz atraíam desejos. Conhecedor de todas as fissuras dos homens, ele saía dos braços de um para os braços de outro, até encontrar-se com Paulo Haas. Pela primeira vez, havia passado a ter o peito aberto, dentro do qual se exibia um coração com manchas de sangue. Por isso, sabia que queria embaralhar a sua vida à vida de Paulo Haas e tentou como pôde. Agarrou-se a Paulo Haas, beijou-lhe a boca, os olhos, o pescoço, os ombros ressecados. Como a dúvida era marca que se mantinha no olhar e no sorriso semi-aberto de Paulo Haas, agarrou-o também com força, empurrou-o contra o chão, chutou os azulejos trincados da piscina seca. Quando urrou, duas mulheres que passavam apressadas na calçada em frente ao prédio interromperam a caminhada para ver o que acontecia. Betina, mãe do menino Lucas, e Veronete, um travesti que se apresentava, com números musicais, no altar abandonado da igreja Dom Bosco para alegrar as noites dos poucos habitantes da cidade, subiram as escadas quando os gritos continuaram, vindos, dessa vez, de duas vozes diferentes. Quando chegaram à cobertura e pararam na borda da piscina abandonada, viram, no fundo, sobre os azulejos esverdeados, dois homens que se mordiam, se arranhavam e abriam as pernas, como se a certeza das dúvidas de um e as dúvidas da paixão do outro também passassem por ali.

Trinta e três

A sede aumentava. A água lamacenta retirada do leito do antigo lago Paranoá era fervida lentamente, durante várias horas, o que acabava por provocar evaporação e diminuição do volume. O menino Lucas estava magro e Maria do Socorro Brasil abandonava o seu posto de vigia apenas uma vez por dia, para encher os baldes. O poço, nos primeiros dias de escavação, precisava ser escalado diariamente com a ajuda de cordas, mas a terra continuava seca. Antônio Vivacqua e Paulo Haas, com os corpos abalados pelo esforço diário, cavavam em silêncio. Usavam escavadeira, pá, picareta e mãos. A procura da água era o único motivo que tinham para se levantar da cama e sair do quarto. Motivos para voltarem à cama e nela ficarem os dois tinham e usavam. Maria do Socorro Brasil já havia se acostumado a dormir ao relento, embalada pelos sussurros e gemidos que, todas as noites, saíam do quarto, passavam pela porta da rua e se espalhavam pela terra seca da chácara. Quando os saques se tornaram mais escassos, por esvaziamento natural das prateleiras dos supermercados, Paulo Haas decidiu que parte da água retirada todos os dias do lago Paranoá seria usada para o plantio de uma horta. As sementes foram trazidas de Paracatu e, no fim do dia, eram deixadas por Antônio Vivacqua, Paulo Haas e o menino Lucas no interior da terra, cobertas por torrões que se esfarelavam na mão.

Trinta e quatro

Foram os sussurros e os encantos de Antônio Vivacqua, mais do que os seus gritos e força, que acabaram por convencer Paulo Haas a ficar. Era na cidade, então, debaixo do sol, sobre o asfalto rachado e torto, que ele iria viver os dias da fertilidade. No meio das pessoas do Banco Central que se arrepiavam de susto e espanto diante da sua decisão de ficar ele se mantinha inabalável, tanto no que as pessoas podiam ver, numa visão rápida e pouco perspicaz, quanto no que as pessoas não podiam ver nem perceber, e que ele oferecia apenas a Antônio Vivacqua. Quando as ruas ficavam carregadas de gente de partida para bem longe e Paulo Haas caminhava em sentido contrário, como quem fica para estabelecer-se em caráter definitivo, ele próprio sentia que estava plenamente em paz. A cidade também estava apaziguada. Por causa da seca e dos incêndios, ela estava finalmente livre dos maldizeres nos corredores, das reuniões malsãs, das mentiras luzidias e do imenso amargor do poder. O fogo limpava a cidade e trazia a suavidade da paz. Por isso, Paulo Haas, depois de ter apanhado, às pressas, todas as latas que encontrara nas prateleiras de um pequeno supermercado da parte norte da cidade, dirigiu-se também às pressas ao Banco Central, saltou sobre a catraca, entrou na sala do diretor e disse-lhe que não iria para São Paulo. O diretor aceitou a negativa de Paulo Haas e voltou a sentar-se na cadeira com alívio e lástima ao constatar que o outro homem, vestido de uniforme militar, não havia chegado na companhia de Paulo Haas.

Trinta e cinco

O canteiro cercado por pedras onde estavam as sementes permanecia imóvel. Algumas minúsculas folhas verdes, de espécies mais acostumadas aos rigores do tempo, começaram a surgir, com uma lentidão que angustiava o menino Lucas. Antônio Vivacqua, às vezes, esperava o meio-dia para postar-se sobre a terra plantada e deixar que o suor escorresse do seu pescoço, das mãos e das pernas e, gota por gota, regasse a terra. Fortalecido pelo sentimento que o ligava a Paulo Haas, ele tinha necessidade de alimentar o menino Lucas, Maria do Socorro Brasil, a si próprio e ao homem que amava. Quando os dois vigias da escavação do poço se retiravam para buscar água no lago Paranoá, ele se abraçava a Paulo Haas, acalentava-se com o calor violento que saía dos dois corpos ligados pelos abraços, suspirava com a força do desejo incontrolável, voltava à superfície e, então, com movimentos suaves, mas decisivos, das mãos, ejaculava sobre a terra plantada. Parado, com os pés no canteiro, observava o líquido que escorria clandestinamente sobre as sementes. A terra, dessa forma, tornou-se também amante de Antônio Vivacqua, que sabia que o existente no mundo dos vivos sai ou das profundezas da terra ou do interior recôndito do homem.

Trinta e seis

A notícia de que um poço estava sendo escavado no lago Sul pelos dois homens que viviam juntos espalhou-se entre todos os cinco mil habitantes da cidade. Chegavam boatos desencontrados, de que a água havia sido encontrada e era farta. Ou de que a prima de um dos homens, que andava em cadeira de rodas, havia caído no fundo do buraco de onde fora tirada sem vida. Ou também de que usavam o trabalho forçado de uma criança para a escavação. Mas todos desejavam ver a água de perto, e foi esse desejo, acelerado pela seca, que levou os primeiros curiosos a fazer a viagem até a chácara, situada nas proximidades de uma pequena colina. E chegavam aos poucos, com passos pequenos. Maria do Socorro Brasil, por não levantar os olhos e não dizer palavras, espantava muitos desses visitantes, que acreditavam não serem bem-vindos. Outros encontravam o menino Lucas, que os levava até a beira do poço para que olhassem para dentro. Quiseram, depois, saber como era possível cavar tão fundo sem que as paredes do poço caíssem sobre as pessoas encarregadas da escavação. Quiseram perspectivas de sucesso e, para isso, perguntaram quantas pessoas eram necessárias para escavar poço tão fundo. Antônio Vivacqua respondeu: "Trabalho, árduo", "Mãos feridas", "Pés machucados". Mas, ao mesmo tempo, abriu um sorriso que exibia, entre os dentes muito alvos, a silhueta de Paulo Haas, o corpo franzino do menino Lucas e os olhos apagados de Maria do Socorro Brasil. Na semana seguinte, uma família, composta de um homem, duas mulheres e três crianças, passou a ocupar uma casa ao lado e, juntos, todos começaram a cavar. Dez dias depois, três casas da região estavam ocupadas.

Trinta e sete

À noite, Antônio Vivacqua e Paulo Haas eram também poços onde cada um, por sua vez, entrava para se saciar do desejo de água.

Trinta e oito

Depois de seis dias de escavação, o poço havia avançado cinco metros em direção ao seu fundo. As paredes arredondadas começaram a ceder e, por isso, Antônio Vivacqua e Paulo Haas passaram a usar estacas de madeira que serviam de escora para evitar desmoronamentos e de escadas para entrar e sair do buraco. Se eram os dois que escavavam, a retirada da terra escavada era tarefa dos quatro. O balde, no interior do poço, era amarrado a uma corda. A outra ponta era, então, amarrada ao encosto da cadeira de rodas de Maria do Socorro Brasil. O menino Lucas, em seguida, empurrava cadeira e passageira até que o balde, carregado de terra, chegasse à superfície. No décimo-quinto dia, haviam escavado mais de 26 metros e a terra continuava seca como antes. O menino Lucas, depois de terminado o trabalho do dia e depois de comer o pouco que havia na casa, deitava-se no chão e olhava para o interior do poço. Sonhava com a terra úmida, com o cheiro de barro, com a vida que prometia sair da cavidade. Punha o ouvido na terra e ouvia que ela rangia, acomodava-se lentamente. Sentia as contrações da terra. No trigésimo dia, quando Paulo Haas e Antônio Vivacqua começaram a sentir que os seus pés se grudavam à terra escavada a trinta metros de profundidade, Maria do Socorro Brasil, sentada na sua cadeira de rodas amarrada ao balde, levantou então os olhos, o seu peito gemeu como se tudo o que lhe havia sido tirado da vida tivesse retornado de um só golpe, puxou o menino Lucas pelo braço, apontou o dedo para os dois homens que se abraçavam a trinta metros de profundidade, abriu a boca e, finalmente, depois de três anos de silêncio rigoroso e maltratado, achou por bem falar. Disse apenas uma palavra, repetida duas vezes: "Água, água!"

O derretimento da neve

Saí do trem porque gosto das montanhas. É ainda inverno e há que passá-lo perto das montanhas, se possível. Não há inverno em outros países. Só aqui. Subi para o topo das montanhas no teleférico e quis esquiar. Um instrutor me deu a primeira aula e eu caí. O instrutor riu de mim, eu ri dele. Disse-me que o esperasse até o final da tarde para bebermos alguma coisa. Do restaurante, vi os cumes dos Alpes e, as copas da Floresta Negra, as saias da Floresta Negra ao pé das montanhas. No restaurante, sentei-me em frente a Günther Kuss, o instrutor de esqui. Ele passa o inverno nos Alpes e, quando acabam as neves, volta para o norte, para Bremen, de onde é e onde vive o resto do ano. Ele me perguntou o que eu então faço, quem eu então sou. Respondi que viajo há quase quatro anos ou há mais de quatro anos, preciso rever as datas, não me lembro bem de quantos meses exatamente.

Saímos do restaurante e viemos para a sua casa entre as montanhas. É uma casa de madeira, no centro do vale onde não há nenhuma outra casa. É uma casa antiga, tão antiga quanto a Floresta Negra. Não é tão velha assim, a casa. É só tão antiga quanto a Floresta Negra, já disse, o que completa quase uma eternidade. Mas a eternidade não é para sempre. Nem sempre existiu. A eternidade começa e acaba, como quaisquer outras coisas para sempre. Então, Günther mora aqui, na casa de madeira.

  Quando Günther não está dando aulas de esqui, no alto das montanhas, ficamos em casa e na cama, dificilmente saímos delas. É assim que gostamos. Günther tem as pernas longas, os braços longos e o peito largo. É um atleta. Tem uma cicatriz na virilha direita, rasgada um dia por um pé de esqui. E alguma coisa na sua maneira de se mover me atrai muito. Não sei o que é. Mas são as suas virilhas, que piscam quando ele anda. Günther é mais do que tudo nu. Vestido, não é. No verão, veste roupas e volta para as cidades. No inverno, despe-se até o fundo da alma e pisca as virilhas. Ele se aproxima sempre de mim e diz: "Tira a roupa, tira a roupa, tira a roupa." Fala sempre em código e isso quer dizer que eu tire a roupa. Ele me pede que eu bata no seu rosto, com toda a força e com muito carinho, até deixar nele os meus dedos em vermelho vivo. No início, não quis. Depois, acostumei-me, pouco a pouco. É assim que ele fica em brasa, com o rosto vermelho e a pele cor de neve.

  Ele nunca beija. Ele morde os lábios, revira os olhos, estende os braços, contorce o corpo, geme para dentro. Seguro-o como se Günther fosse uma cobra indócil. As peles são uma cobra longuíssima que passa por toda a humanidade e, quando toco Günther, toco em mim mesmo e sinto as minhas mãos no meu corpo. A boca de Günther é vermelha, os seus cabelos são castanho-claros, as suas coxas são a neve derretida pela brasa dos tapas e os seus gemidos são os lençóis enrolados e amassados ao pé da cama.

  Muitas pouquíssimas vezes vamos à cidade. Vamos lá porque não temos telefone. Costumo me perguntar se a cidade é tão velha quanto a casa de Günther, mas não sei se é. Aprendo a decorar as ruas, as esquinas, as casas. Sinto-me em casa, começo a conhecer tudo. Günther tem amigos na cidade. Nós os visitamos sempre. Veronete, uma das amigas, disse que gostaria de viajar comigo, para onde eu fosse. Disse que tem vontade de cruzar o continente. É ela com quem mais gosto de sair às ruas porque ela transformou a cidade num mundo inteiro. Conhece-a como se fosse bem mais ampla do que na verdade é, como se tivesse muito mais segredos. Mas os segredos do mundo são os segredos de uma cidade só, pequena. As ruas são as estradas e as curvas são os continentes. Uma cidade tem muito mais países do que um continente todo. Por isso, há lugares aonde nunca vou. Nunca fui. Nunca irei. Veronete, não. Vai, foi e irá a todos. Sai de casa decidida, sem medo, e guarda na memória o caminho de volta. Ela sempre vai sabendo que vai voltar.

Quando voltamos, é sempre muito tarde, fim do dia. Günther me espera e pergunta se eu quero ir embora para a casa de madeira. No carro, que ele dirige, fala que tem vontade de estar na cama. Antevê tudo, prevê o que sonha que vai acontecer. Passa a mão pelas minhas pernas, minha barriga, e estaciona o carro no meio da estrada das montanhas. Ele me abraça, me beija com mordidas, passa as mãos nos meus cabelos com força, me deita sobre o banco do carro, me deixa molhado com a ponta da língua. Depois, chega em casa com a neve dos olhos derretida.

É por isso que estou aqui há quase dois meses e irei embora no dia em que formos. Ele voltará para Bremen. É depois de amanhã o dia de irmos. Hoje, lembramos disto, percebemos que a neve inteira se derrete, e ele me pediu que eu tirasse a roupa. Pedi-lhe que tirasse a roupa também. Ficamos deitados no chão, um ao lado do outro. Eu passei a língua por todo o corpo de Günther: só há uma parte do corpo que fica nua quando se está sem roupa. Ela é preciosa por isto. São os cus de Günther Kuss. Foram eles que eu beijei com a ponta da língua para que ele se ajeitasse, de lado, apoiado, em parte, pela virilha cicatrizada. Ele levanta uma perna e a dobra sobre os meus quadris. Beijo-lhe a nuca, mordo-lhe a nuca, ele pede para que não pare nunca. Os seus olhos olham para dentro e conseguem me ver dentro dele. Peço-lhe que me diga como é, e a sua voz é rouca, é roxa e vermelha. Peço-lhe também que se toque para que eu veja. Não me mexo, paro, observo. Ele se mexe, é alguma coisa quando ele se mexe e se move que me atrai, que me faz ficar parado. Quero lhe morder inteiro, ele rola no chão agarrado a mim, grudado em mim. Bato-lhe no rosto várias vezes, a sua cabeça acompanha o ritmo dos meus tapas, os seus cabelos castanhos caem sobre os olhos, ele se esquece de mim. Günther geme para dentro porque está aberto como a entrada de uma caverna. Günther é o bafo de uma caverna oca onde há lagos.

Dentro de casa é de tarde. Pelas janelas, é de manhã. Pelas portas, é de noite. As montanhas provocam ilusões de ótica. Foram mais de dois meses juntos. Foram sessenta e quatro dias. Foram sessenta e quatro posições de amor. Como o tabuleiro de xadrez. A casa de madeira de Günther Kuss não tem fim. Ela grita às montanhas. Ela vira o rosto para a noite, para a manhã e para a tarde. Ela conversa com as montanhas. Nós somos as palavras dela. Nós somos o que ela conta às montanhas.

As contrações de Günther são secas e firmes. Ele se contai diante de mim, ele me aperta com a força do prazer. Nosso prazer tem sido forte, inesquecível até o momento em que o acompanhei até o trem em que ele entrou e se foi. O inverno acabou, a neve escorre pelas montanhas. Günther está novamente vestido e prepara-se para a primavera em Bremen. Pergunta se no próximo inverno estarei de volta. Digo-lhe que não sei. A despedida foi feliz. Ou quase feliz. Um pouco feliz. Houve traços de felicidade. Disfarcei os olhos, senão chorariam. Fiquei com Veronete para vasculharmos a cidade até o fim.

SOBRE O AUTOR

Alexandre Ribondi nasceu em Mimoso do Sul (existe, sim!), no Espírito Santo, em 1952 e desde 1968 mora em Brasília, cidade que serve de cenário para "O Desejo da Água". É jornalista, ator, diretor e autor de textos teatrais. O seu conto "O Crime Azul" teve publicação norte-americana pela Gay Sunshine Press, com o título de "The Blue Crime". Esse mesmo conto serviu para que a cineasta Zuleica Porto fizesse um filme de igual título. Também estudou história da arte, na Université de Provence, no sul da França, escola que abandonou rapidinho, espantado com a má qualidade do ensino. Mas foi nesta época que, além de ser co-proprietário de um salão de chá, criou e vendeu marionetes em praça pública. Foi lavador de pratos na Alemanha, viajante sem rumo no Peru, editor do jornal *Lampião*, de orientação homossexual, correspondente internacional para o *Correio Braziliense* em Portugal durante quatro anos e enviado especial ao Iraque no período de entre-guerras. Atualmente, trabalha como correspondente internacional para o *Jornal de Notícias*, de Portugal, é cronista do semanário *Jornal da Comunidade* e trabalha permanentemente em teatro, alternando as funções de diretor e ator. Alexandre Ribondi, quando crescer, quer escrever tão bem quando Machado de Assis, Miguel Torga ou Graciliano Ramos, mas confessa que tem se desesperado com as dificuldades encontradas na empreitada.

Impresso pelo Depto Gráfico do
CENTRO DE ESTUDOS
VIDA E CONSCIÊNCIA EDITORA LTDA
R. Santo Irineu, 170 / F.: 549-8344